前世で辛い思いをしたので、神様が謝罪に来ました

God came to apologize because I had a hard time in the past life

6

初昔茶ノ介

Chanosuke Hatsumukashi

レオン
強くて頼れる
サキの先輩。
クロード公爵家の
次男。
ネル
サキのお付きの猫。
最近は人間の姿に
なったりもする。
サキをお世話
するのが好き。
サキ
不幸ばかりの前世を
神様に謝罪され、
幼女として異世界転生した。
最近は、お店作りや
魔法の研究で
大忙し！
キール
貧民街に住んでいた
孤児だったが、
妹であるアリスとともに
サキに拾われる。
器用で、妹思い。
アリス
キールの妹。魔力を
ため込み過ぎる体質に、
長年悩まされていた。
兄を誰よりも
信頼している。
Characters
登場人物紹介

プレシア
王都エルトのお姫様。
膨大な魔力と
回復魔法の
才能を持つ。
ティルナ
おっとりしているけど
とても優秀な、
回復魔術師。
サキとは浅からぬ縁が
あるようで……？
学園のお友達
アニエ
オージェ
フラン
ミシャ

私——雨宮咲《あめみやさき》の不幸続きの人生は、落雷に打たれたことにより幕を閉じた……はずだったんだけど、なぜかシャルズという魔法の世界に可愛《かわい》くて幼い姿で転生することに。

しかもシャルズを管轄《かんかつ》する神様、ナーティ様の計《はか》らいでたくさんの才能と、頼れる子猫の従魔《じゅうま》ネルをもらっちゃった！

こうしてサキ・アメミヤとして第二の人生を送り始めた私が養子として身を寄せたのは、王都エルトにあるアルベルト公爵家《こうしゃくけ》だった。

パパとママ——当主のフレル様とその奥さんであるキャロル様、そして二人の子供であるフランとアネットの四人は、私を家族として迎えてくれたんだ。

でも私を受け入れてくれたのは、家族だけじゃない。

魔法を習うために通っている学園では、ブルーム公爵家の一人娘で努力家な赤髪の女の子アニエちゃん、青髪とメガネがトレードマークで、水魔法と洋服作りが得意な女の子ミシャちゃん、おっちょこちょいだけど憎めない金髪の男の子オージェとも仲良くなった。

みんなと一緒だと、魔法の訓練も遊びもすごく楽しいんだ！

遊びと言えば、学園一強いクロード公爵家次男のレオン先輩がこの間、学園の長期休暇《ちょうききゅうか》を利用して泊まりでのお出かけに行こうって誘《さそ》ってくれたの。

ちょっとドキドキしながら向かった先は、ギャンブルの街メルブグ。いろいろなゲームができる楽しい街だったんだけど、その裏には貧しい人たちもいる。

私は街で孤児《こじ》の兄妹《きょうだい》——キールとアリスに出会う。

体内に宿す魔力量が多すぎる、魔力異常体質によって死んでしまいそうになっていたアリスを助けた後、私はアルベルト侯爵家の使用人として二人を雇《やと》おうと提案した。

というのも、私にはアリスの溢《あふ》れる魔力を活かしてみんなが幸せになれるアイデアがあるの。

そのアイデアとは、彼女の魔力を原動力にして動く魔道具を作り出し、それらを販売するお店を作ること！

魔力を宿していない魔石——空《から》の魔石を使えば魔力を溜《た》め込むことができるから、車のガソリン代みたいな感じで、お金を払ってアリスの魔力を補給しにきてもらうシステムができればいいなって。そうしたら病弱で自信のないアリスも『人の役に立ててるんだ！』って思えるようになるはず。

よーし、勉強も店作りも頑張るぞー！

1　久しぶりのお屋敷

メルブグへのお出かけが終わり、私たちは馬車でアルベルト家へと戻った。家に到着したのは夕方になる前だった。

「サーキちゃーん！」

私が馬車を降りるや否や、お屋敷《やしき》から出てきたママが抱きついてきた。

ママの腕《うで》の中で窒息《ちっそく》しそうになりながら、どうにか声を出す。

「マ、ママ……くるし……」

「だって久しぶりにサキちゃんと会えたんですもの！」

「キャロル様、相変《あいか》わらずですね」

そう口にしたのは、馬車から降りたレオン先輩。

他の貴族の前ではキリッとしているママだけど、レオン先輩の前では取り繕《つくろ》わない。

公爵家同士は交流が深いから、今さら隠す必要がないってことなんだろう。

でもそんなことより、ママの匂《にお》いを嗅《か》いだりアルベルト家を見たりしているうちに、なんだか懐《なつ》かしい気持ちになってしまった。

ここはもう私の帰る場所なんだって、改めて感じる。

たった数日、家を離れただけなのにね。

そんなことを考えていると、ママは私を解放してから立ち上がって、レオン先輩に言う。

「レオン、今回はありがとう。それに、今後もいろいろ手伝ってくれるみたいね」

お店を開くに当たって、旅先から電話でパパに相談したんだけど……ママも知っているようだ。

レオン先輩は、はにかんで言う。

「はい。僕なんかでよければぜひ」

「ふふ、頼りにしているわ。この子、すぐ考えなしに突き進んじゃうところがあるから」

そんなママの聞き捨てならない発言に、私は思わず口を挟《はさ》む。

「そ、そんなことないもん……」

「いやいや、この旅の途中でも向こう見ずな行動を――」

「ちょっと！　レオン先輩！」

慌《あわ》てて先輩の口を塞《ふさ》ぐ私。

だけど先輩とママはニヤニヤしてこちらを見てくる。

アリスが人身売買目的で悪徳貴族に攫《さら》われた時に、考えなしにすぐに助けに向かおうとして、レオン先輩に止められたんだよね。

他の貴族に手を出したら、自分の家にまで迷惑《めいわく》をかけることになっちゃうからって。

でもあれは、アリスを助けるのに必死だっただけで……あ、そういえば二人を紹介しないと。

「……私の行動についての話はおしまい。そんなことより、紹介したい人がいるの。キール、アリス。出ておいで」

私が呼ぶと、二人は恐《おそ》る恐《おそ》る馬車から降りてきた。

そしてぎくしゃくした足取りでママの前まで来ると、頭を下げる。

「は、初めまして……キール・シャンスです」

「妹のアリスです……」

それを見て、ママは目を輝《かがや》かせる。

「あなたたちが、サキちゃんが発掘《はっくつ》した逸材《いつざい》ね！」

じーっと二人を見つめてにっこり笑うと、ママは続ける。

「二人とも今まで大変だったでしょう。これから商人として働いてくれるのよね。さっきも言ったけど、サキちゃんは考える前に動いちゃうタイプだから支えてあげてほしいの」

「い、いえ……そんな……」

「恐れ……多いです……」

キールとアリスが緊張《きんちょう》で言葉に詰《つ》まっていると、屋敷の扉《とびら》がバンッと勢《いきお》いよく開いた。

「お姉さま！　お帰りなさいませー！」

声の主《ぬし》はアネットだ。

こちらへ走ってきて、抱きついてくる。

私は見上げてくるアネットの目を見て言う。

「アネット、ただいま」

「レオン様との旅行はどうでしたの？」

「うん、とっても楽しかったよ。後でお話聞かせてあげるね」

「はいですわ！」

ああ、このアネットの反応も久々な感じがして、落ち着く……！

そう思っていると、アネットが不思議《ふしぎ》そうな表情を浮かべているのに気付く。

顔は、キールとアリスの方を向いている。

「お姉さま、こちらの方々は？」

「えっと、後でちゃんと説明するんだけど……この二人とレオン先輩とでお店を作ることになったんだ」

「つまりこちらの方々は、お姉さまのお店で雇《やと》われる商人の方なのですね」

アネットは私から離れて、二人の前に歩いていく。

「初めまして。私《わたくし》、アルベルト公爵家当主フレル・アルベルト・イヴェールの長女、アネット・アルベルト・イヴェールと申します。此度《こたび》は姉の出店に協力していただけるとのこと、感謝いたします」

アネットはスカートを両手で摘《つ》まみながら、丁寧《ていねい》な挨拶《あいさつ》をした。

どうやら、キールとアリスをどこかの大商人の子供だと勘違いしているらしい。

「お、俺たちなんかにそんな言葉は……えっと……」

キールがなんとか返そうとするが、どういう言葉を使えばいいのかわからないようだ。

なんか顔も赤くなっているし……もしかしてちょっと照《て》れてる？

私が代わりに説明しようと口を開きかけたその時、ママがパンと手を打つ。

「まぁとにかく中に入りましょう。レオンも上がっていってちょうだい」

ママは言うが早いか、馬車を使用人さんに任せて屋敷の方へ。

まぁ確かに立ち話もなんだもんね。

そう思いながらみんなで移動する。

すると、キールとアリスは屋敷の豪華《ごうか》さに当てられて、壊《こわ》れた人形のようにぎくしゃくとしか歩けなくなってしまった。

これから何度もここに来ることになるだろうし、早く慣れてもらわないとね。

客室に着いて少しすると、メイドさん一同が紅茶とお菓子《かし》を出してくれた。

早速カップに口を付ける。

数日ぶりのクレールさんの紅茶……とても美味《おい》しい。

思わず感動してしまうけれど、そんな場合じゃなかった。

私は改めて二人をみんなに紹介する。

すると、アネットが驚《おどろ》いた顔をした。

「え？　それではお二人は商人の方ではなかったのですね⁉」

「俺たちはただの孤児だよ、サキ姉《ねえ》に助けられたたな」

キールは居心地《いごこち》が悪そうにそう言った。

敬語にはまだ慣れていないらしく、ぶっきらぼうな物言いだったけど、アネットは気分を害した様子もなくあっけらかんと返す。

「そうだったのですね！　でも、これからお姉さまのお店で働いていただけるということであれば、大した違いはありませんわ」

「そう……なのか？」

キールは自分の中の貴族像と目の前のアネットの反応がかなり違うことに、困惑しているみたい。

私はそんな二人のやり取りを微笑《ほほえ》ましく見つつ、収納空間から柑橘《かんきつ》系の果物であるオラジを使ったパンやらケーキやらを取り出し、テーブルに広げる。

オラジは、旅行で訪れたフォルジュの名産品なのだ。

「これ、みんなに買ってきたお土産《みやげ》」

「あら、たくさん買ってきたのね」

「わぁ、どれも美味しそうですわ！」

ママとアネットは大喜びだ。

あれ、そういえば――

「フランは？」

「フランなら『今日はみんなで特訓する日だから』って学園に行ったわよ」

ママの言葉に、私は驚きの声を上げる。

「え⁉　そんな話、聞いてない！」

「旅行から帰ってきたばかりだし、疲れてるだろうからって、気を利《き》かせてくれたんじゃない？」

「もう、そんなのいいのに！　そうだ、今から私たちも学園に行こう！　キールとアリスを紹介しないと」

私がキールとアリスの方を向いてそう言うのを見て、アネットが手を挙げる。

「それなら私も行きますわ！　お兄さまやアニエさまがどんな練習をしてらっしゃるのか、見てみたいです！」

「あらあら……それはいいけど、このお土産はどうするの？」

「これに入れておけば大丈夫！」

私は収納空間からあるものを取り出した。

「これは？」

「これは私のお店で出す予定の商品――時間停止型食料保管庫《じかんていしがたしょくりょうほかんこ》の試作品なんだ」

そう、これは私の発明品の一つ。

この世界には家電製品がないため、食料を長時間保存できない。

だけど、この時間停止型食料保管庫があれば大丈夫。

見た目はほとんど前世の冷蔵庫と同じなんだけど、ドアを閉めると保管庫内の時間が止まり、中に入っているものが劣化《れっか》しなくなるのだ。

とはいえ、一回聞いただけで理解することなんてできるわけもなく、ママは首を傾《かし》げる。

「じか……何？」

「この中に食べ物を入れておけば、ずっと入れた時のままの状態を保てるの」

私の言葉に対して、ママはちょっと反応に困っているような感じ。

でも少ししてどうにか理解したらしく、笑みを浮かべて褒《ほ》めてくれる。

「そ、そうね！　これが広まれば食料問題なんかも解決できるかもしれないわ」

「うん！」

そう返事してから時間停止型食料保管庫に食料をしまっていると、アネットが私の袖《そで》を引く。

「お姉さま、早く行きましょう！」

「うん！　……あ、待ってアネット。レオン先輩はどうします？」

それに答えたのは、レオン先輩じゃなくてママだった。

「ごめんね、レオンには話したいことがあるの。だから、サキちゃんたちだけで行っておいで」

話ってなんだろう……？

そう思いつつも、私は頷《うなず》く。

「わかった。レオン先輩、また馬を借りてもいいですか？」

「構わないよ」

「ありがとうございます。アネット、キール、アリス、行こう」

「はいですの！」

「あ、うん！　し、失礼します」

「失礼します……」

キールとアリスもママにぎこちなくお辞儀《じぎ》してから、先に部屋を出た私とアネットの後をついて部屋を出る。

それから私たちは小型馬車に乗り、四人で学園に向かう。

御者台《ぎょしゃだい》に座るのは、当然キール。

旅行の道すがら、レオン先輩から手解《てほど》きを受けていたんだけど、もう普通に馬車を扱《あつか》えるようになっているね。

あっという間に学園にたどり着いた。

学園の門の前で見張りをしている人に、キールとアリスも入っていいか聞く。

二人が入れるかは少し心配だったんだけど、アルベルト家の長女と養子の頼みだからってことであっさりと通してくれた。

それから馬車を置き場に止めて、馬を預《あず》けてから訓練場へと向かう。

キールとアリスは学園に通ったことがないので、物珍《ものめずら》しそうに周囲をキョロキョロと眺《なが》めながらついてきた。

訓練場の近くまで来ると、見知った声が聞こえてくる。

「ちょ、ちょっと待つっすよ！」

「敵は待ってはくれませんよぉ！」

「そうよ！　訓練だからって甘えないの！」

「ほらほら、足がもたついてるよ？」

慌てたようなオージェの声に次《つ》いで、ミシャちゃん、アニエちゃん、フランの声。

訓練場を覗くと、案《あん》の定《じょう》オージェがみんなから総攻撃を受けていた。

たぶん多数の敵に襲《おそ》われた時の訓練なんだろうけど、アネットとアリスとキールはそれを見て怖がってしまった。

「お、お姉さまの学年ではこんなにも激しい特訓が行われているのですね」

「お兄ちゃん……王都って怖いね……」

「あぁ……俺もやっていけるか不安になってきた」

あぁ、これは早く誤解を解かないと……。

そのためには、とにかくみんなの特訓を終わらせないとね。

「三人ともちょっと待っててね」

三人が頷くのを見て、私は訓練中の四人の方へと駆け出す。

「【飛脚《ひきゃく》】」

足に魔力を集めて速度を上げ、一気にオージェに近づく。

射程に入ったタイミングでオージェは私に気付いたみたいで、驚きの表情を浮かべた。

「サ、サキ――」

「ネル流……【陽《よう》ノ型《かた》・陽炎《かぎろい》】」

「グヘェ！」

陽炎は相手の後ろに一瞬で回り、両手で掌打《しょうだ》を放つ技。

オージェは私の技を食らい、変な声を出して倒れた。

みんなが唖然《あぜん》としている。

そんな中で口を開いたのは、フランだった。

「サキ、どうしてここに？」

「むー……私を仲間外れにするなんてずるーい」

私が不貞腐《ふてくさ》れたふりをすると、アニエちゃんとミシャちゃんが慌てて弁解する。

「あ、違うのよサキ。別に仲間外れにしようとしたんじゃなくてね！」

「そうですよ！　サキちゃんとはずっと特訓していたいし、一緒にいたいです！」

そんな二人がおかしくて、私はつい笑ってしまった。

「冗談だよ。気を利かせてくれたんだってママから聞いたし。私は全然気にしていないよ！」

そう言って二人に微笑んでいると、後ろから声がする。

「そんなことより……俺を心配してくれないんすね……」

振り返ると、オージェが背中を擦《さす》りながら起き上がるところだった。

前までなら、しばらくはぐったり倒れていたけど……うん、特訓のおかげで日に日に丈夫になってきているんだね。感心、感心。

「ごめんごめん。特訓を止めるにはああするのが一番いいかなって思って。一応加減はしたよ？」

オージェが『本当っすか……？』みたいな視線を送ってきているが、無視しつつ話を続ける。

「そうそう、みんなに紹介したい子たちがいるの。入っておいで」

私が呼ぶと、アネット、それからキールとアリスが入ってくる。

「えっと、アネットと……誰だい？」

「レオン先輩と旅行に行ってる時に出会った子たち。今度私が開くお店で働いてもらうんだぁ」

そう告《つ》げると、みんなが『え、お店ってなんの話？』って顔をする。

そっか、そのことも説明しなきゃだよね。

こうして私がさらっとお店を開くことについて説明したんだけど、意外なことに、みんなはすんなり受け入れてくれた。

っていうより『サキならしょうがないよね』って感じのリアクションだった。なんだか釈然《しゃくぜん》としない……。

とはいえ、そこでごねるのもなんなので、私はキールとアリスに自己紹介するように促す。

「さ、二人とも」

「キール・シャンスです……」

「妹のアリスです……」

緊張している二人に対して、アニエちゃんは少ししゃがんで目線を合わせてから、にっこりと笑った。

「初めまして、私はアニエス。サキの友達よ。みんなからはアニエって呼ばれているわ。何か困ったことがあったら相談に乗るからね」

そんなアニエちゃんの言葉に対しても、キールとアリスはガチガチだ。

「は、はい！」

「よろしくお願いします！」

「ふふふ……そんなに緊張しなくても大丈夫よ」

そう言ってアニエちゃんは微笑んだ。

そんな彼女に続いて、他のみんなも自己紹介する。

「私はミシャです。二人とも可愛いですね。ぜひ私にコーディネートさせてください！」

「僕はフラン。アネットとサキの兄だよ。これからよろしくね」

「俺はオージェっす！　二人とも何かあったら助けてやるっすよ！」

オージェの言葉を聞いて、私を含めたチームメンバー三人が噴《ふ》き出した。

口を尖《とが》らせてオージェは言う。

「な、なんすか！」

「俺が助けてやるって、あんた、そんな兄貴分キャラじゃないでしょ！　何をしてあげるのかしら？」

ニヤッと笑いながら言うアニエちゃんに対して、オージェはぐぬぬってなっている。

「そ、それは……俺だっていろいろできるっすよ！」

「ふふふ……それじゃあキール、アリス、何か困ったことがあったら、まずはオージェのところに行こうね」

私が言うと、オージェは胸をどんと叩いた。

「お、おう！　任せとくっすよ！」

それからしばらくみんなでお話をした。

最初こそ緊張していたキールとアリスだったけど、段々と普通に話せるようになっていく。

うん、仲良くなれたみたいでよかった。

特に、キールとオージェは通じ合うところがあるみたい。

夕方になったので私たちは別れ、馬車で家へと戻ることに。

これからの日々はもっと楽しくなるんだろうなーって思いながら、窓の外を見るのだった。

2　姫の元へ

あっという間に時は過ぎ、長期休暇も残り一週間を残すのみとなった。

ここ最近はキールとアリスも、私が王様に作ってもらった研究所内の実験場でみんなと簡単な体術の訓練に交じったり勉強したりしている。

もうすっかり仲良しだ。

「ここはこういう意味で……」

「あ、そっかぁ」

ミシャちゃんが教科書を指差しながら言うと、アリスは嬉《うれ》しそうにはにかんだ。

その横では、キールがオージェに勉強を教わっている。

「オージェ兄《にい》、ここはどういう意味なんだ？」

「こ、ここはっすねぇ」

私やアニエちゃんやフランとも仲がいいけど、貴族だからか、少しまだ気後《きおく》れしているみたい。

その点、平民のオージェとミシャちゃんの方が親《した》しみやすいようだ。

ミシャちゃんはともかく、オージェが勉強を教えている様子はなんだか面白《おもしろ》い。

キールとオージェが一緒にうーんって唸《うな》りながら悩む姿は、ちょっと兄弟《きょうだい》みたいで微笑ましいし。

そんな風に考えていると、ちょうど今日やる分の課題が終わったらしく、キールとアリスが教科書を閉じた。

ミシャちゃんとオージェは、二人に教えるために資料室の書棚《しょだな》から取った本を戻しにいく。

私はそれを見つつ、キールとアリスに言う。

「さてと、次は魔法の練習だよ」

「「はーい」」

二人は声を揃《そろ》えて返事をしてから、私の前に並んだ。

実は、今日から二人にも魔法を覚えてもらうことになったのだ。

ネル曰く、『魔石工学の特訓は魔法を練習するのが一番効率がいい』のだそう。

魔石工学とは、魔法陣などを使って魔石のいろんな使い方を研究する学問のこと。

これから作るお店の商品の開発には魔石工学の知識を使うから、勉強しておいてもらわないとね。

「そういえば二人の魔力って、なんの属性なの？」

横に立っているアニエちゃんに聞かれて、私はハッとする。

そういえばまだ二人の魔力属性、知らないじゃん。

私は収納空間からある道具を取り出した。

「それは？」

少しだけ胸を張って、アニエちゃんの質問に答える。

「これは私が作った魔力判別水晶《まりょくはんべつすいしょう》だよ。これに魔力を込めると、色が変わるの。その色によってなんの属性を持っているかわかるんだよ。炎なら赤、水なら青みたいに」

この世界には炎《フレア》、水《アクア》、風《ウィンド》、雷《エレクト》、土《グランド》、草《ウィード》、光《ライト》、闇《ダクネ》、空間《ディジョン》、治癒《ヒール》、特殊《ユニク》っていう十一種類の魔法属性がある。しかも魔法は、繰り返し使用して経験を積むことでスキル化させたり、発動過程を簡略化させたり、オリジナルの魔法を生み出したりと、応用も利く。

スキル化した魔法は、強さや難しさによって第一《シグル》から第十《デキャル》まであるナンバーズに分類され、どのランクの魔法も一度発動できればその後はずっと使えるのだ。

それだけでなく、魔法の飛距離を伸ばす【ア】、速度を速くする【ベ】、効果時間を延ばす【セ】、操作性を高める【デ】といったワーズや、魔法に複数の属性を付与するエンチャントなどと組み合わせてさらに強化できるの。

とはいえ属性ごとに向き不向きがあるから、一般的には生まれつき魔法が得意だと言われている貴族ですら、多くて五、六種類の属性しか使えないんだけどね。もっとも、私はナーティ様の計らいで生まれつき全ての属性への適性があるわけだけど。

そしてこの道具は、どの属性の魔法に向いているのかがわかっちゃう優れモノ。

「へぇ、試しにやってみていいですか？」

アニエちゃんの後ろからひょこっと顔を出しつつ、ミシャちゃんが言った。

本は返し終えたらしく、その後ろにはオージェもいる。

「うん、いいよ」

私の返事を聞いて、ミシャちゃんは水晶に手を置いた。

「これでいいですか？」

「うん、その状態で魔力を注《そそ》いで」

ミシャちゃんが魔力を込めると、透明《とうめい》だった水晶の中に青色と淡《あわ》い黄色の光が浮かび上がった。

「私は水《アクア》と光《ライト》属性を持っているから、青色と淡い黄色に光ったんですね」

そう言いながらミシャちゃんが水晶から手を離すと、光が消えた。

「さ、二人とも」

私が水晶をキールとアリスに差し出すと、二人とも困ったように首を捻《ひね》る。

「魔力って、どうやって流すんだ？」

キールに言われて「あっ」と声を上げてしまった。

そうだ、二人とも魔法について何も知らないのだ。

「それじゃあ、魔力の注ぎ方から教えてあげる」

私はミシャちゃんに水晶を預けて、二人の手を握《にぎ》る。

初めてネルに魔力の流し方を教えてもらった時のように……優しく……。

二人にその流れを感じてもらえるように、ゆっくりと魔力を込めた。

すると、キールとアリスが驚いたように言う。

「あ、なんかあったかくなってきたぞ」

「うん、お姉ちゃんの手からあったかいのが流れてきてる……？」

私は微笑んだ。

「このあったかいのが魔力だよ。二人の中にも流れてるから意識してみて」

「本当に俺の中を流れてるんだな……」

「うん……今まで苦しくて怖かったけど、今は違う。これが私の魔力……」

アリスは自分の中を流れる膨大《ぼうだい》な魔力を制御《せいぎょ》できずによく体調を崩《くず》していたけど、怯《おび》えがなくなっているようでよかった。

安心しながら、私はさらに教える。

「そう。それを、手に集めて……この水晶に触るんだよ。それじゃあ、キールから」

「お、おう」

キールは緊張した面持《おもも》ちで、ミシャちゃんの持つ水晶に手を当てた。

すると、水晶の中には茶色と濃《こ》い緑色の光が浮かぶ。

「キールの属性は土《グランド》と草《ウィード》だね」

私がそう伝えると、キールは渋面を作る。

「んー、土と草かぁ……」

「どうかしたの？」

アニエちゃんが尋《たず》ねると、キールは少し悔《くや》しそうに答える。

「いや、なんか土と草って地味じゃないか？　俺もオージェ兄みたいに電気をバリバリって出したかったぜ……」

「へへっ」

鼻を高くするオージェを横目に見ながら、アニエちゃんは言う。

「あら、そんなことないわよ。土と草の魔法も力強くていいじゃない。あとオージェ、何照れてんのよ。ムカつくわね」

「ひでーっす!?」

オージェはしょぼんと肩を落としたけど、まぁいつものことだし、すぐ復活するだろう。

それより次は――

「さ、アリスもやってみよっか」

「う、うん！」

アリスは緊張半分、期待半分といった様子で水晶に触れる。

「こ、これで魔力を集中……集中……」

「ア、アリス……？」

私が声をかけても、相当集中しているらしく、アリスは呟《つぶや》き続ける。

「これを全部……注ぐ！」

アリスが魔力を注ぐと赤、青、緑、淡い黄色――四色の光が溢れ、やがて水晶にヒビが入った。

四種類の属性を持っているなんてすごい！　けど、それより――

「アリス！　魔力を止めて！」

「え？」

言うのが少し遅かったらしく、水晶はパキン！　という音を立てて砕《くだ》けた。

しばらくの間、みんなが沈黙《ちんもく》する。

平民なのに四つもの属性を持っていること、そして何より水晶が壊れるほどの魔力量を持っていることに絶句《ぜっく》してしまったのだ。

そんな中、アリスの顔だけがどんどん青ざめていく。

「ご、ごめんなさいぃ……」

それからは泣きそうなアリスを宥《なだ》めて、今日は魔力コントロールの練習だけにしようってことになった。

まぁ、魔法の練習はゆっくりやっていけばいいよね。


そんなこんなでそれからは、勉強やら魔法の練習やらお店の準備やらで瞬《また》く間に時が過ぎていった。

そして気付けば、新学期開始まであと三日。

今日は学園が始まる前に新しい服を何着か作っておきたいということで、ママとフランとアネットと共にドルテオの洋服屋さん巡《めぐ》りをした。

採寸は事前に済ませていたので、サイズが合っているのかを確認するだけだったけど。

最近、スカートが少し短くなったかな？　とは思っていたので、新しい服が増えるのはありがたい。

でも、いろんな服を試着しまくるのはやっぱり疲れる。

「ふぅ……やっと終わったね」

「そうだねぇ……」

思わずそう漏《も》らすフランと私に、アネットが声をかけてくれる。

「お兄さまもお姉さまも、お疲れですわね」

「何着も洋服を着たり脱いだりするのは大変だよ……」

「うん、本当にね……」

疲れの一番の原因——試着の回数が増えた原因は、ママだった。

私たちが新しい服を見るたびに褒めてくれるのはいいんだけど、ママはここをもっとこうしてほしいなどお店に要望を出すのだ。

それによって何度も何度も試着するハメになってしまった。

当の本人は「それじゃあ私はお洋服を持って先に帰るわ！　フランたちはお友達と約束があるんでしょ？」と残して、もう帰ってしまったけれど。

気遣い自体はありがたいし、本当にいいママなんだけど、それとこの疲れとは別の話だ。

そう思っていると、アネットは楽しそうにその場でくるりと回る。

「アネットは好きですわ。新しい服をたくさん着られるのは、とても楽しいですもの」

服が好きなアネットは、むしろママと一緒に服に対する要望を出していたもんね……すごいよ。

アネットが私に言う。

「お姉さまはもっと服に関心を持ってくださいまし。お姉さまがオシャレに目覚めれば、レオン様でもオージェさんでも、世の男性はイチコロですわ！」

イチコロって……どこでそんな言葉を覚えてくるんだか……。

「そうかなー」なんて言いながら適当に流していると、フランが伸びをする。

「さてと、サキ。それじゃあ行こうか」

「うん」

「今日も研究所ですの？　アネットも行っていいですか？」

首を傾げるアネット。

私は顎《あご》に手を当てて考える。

「うーん……いいけど、私は別の用事があるから一緒にいられないよ？」

「お姉さまはどこに行かれるのですか？」

「うん。アリスと一緒に行かなきゃいけないところがあって」

アネットは少し残念そうな顔をしたが、すぐにニコッと笑った。

「そうなんですの……では、皆さまに鍛《きた》えていただきます！」

アネットももう三学年だもんね……成長したなぁ。

昔は私が向かう先に、絶対ついてきたがっていたのに。

そんなことを思いながら、私たち三人は止めてあった馬車に乗る。

馬車が走り出したタイミングで、アネットは先ほどの話の続きをする。

「アネットはもっともっと強くならなくてはいけないな、と常々感じているのです！　だって今年を逃《のが》してしまうと、お姉さまと一緒に代表戦に出られるのは来年になってしまいますの！」

そう言ってふんっ！　と気合を入れるアネット。

私はそれを微笑ましく見ながら言う。

「アネットは同学年の中じゃ十分強いんじゃないの？」

「いいえ、まだまだですわ。まだリックと模擬戦《もぎせん》をすると十回中三回は負けてしまいますの。お姉さまとレガールさまに教えていただいているのに……」

そう言ってしゅん……とするアネット。

レガール様は、レオン先輩のお兄さんだ。剣術の指南を求める生徒が殺到するほど剣の扱いに長《た》けている彼に教わっているのは確かに贅沢《ぜいたく》だけれど、それにしたって意識が高い。

同い年とはいえ、公爵家の子息のリック様相手に勝率七割あってもまだ満足しないなんて末恐ろしいよ……。

「でも、十回中七回は勝っているんでしょ？」

「いけませんわ！　常に勝てなければ！　そうでなければ学園最強のお姉さまとレガール様の顔に泥《どろ》を塗《ぬ》ることになってしまいますの！」

「そ、そんな大袈裟《おおげさ》な……」

「アニエさまとお兄さまはお姉さまのご指導を受けてから、自分のチームの方以外には負けてないと聞いておりますから」

まぁそれはそうだけど、二人ともが公爵家の血を引いている上に元々成績優秀だったこともあると思う。

ともかく、アネットにはプレッシャーを感じずに強くなってほしいんだけどな……。

私はそういう思いを伝えるべく、アネットを抱き寄せて頭を撫《な》でた。

「アネット、あんまり思い詰めちゃダメだよ。アネットは十分強くなってるし、まだ卒業まで時間はたっぷりあるんだからね」

アネットは聞いているのかいないのか、私の胸に顔を埋《うず》めて抱きついてくる。

成長したとはいっても、まだまだ甘えたい盛《さか》りなんだなと思うと、とても可愛らしい。

前を見ると、向かいに座るフランがふふっと笑った。

「フラン、私、変なことした……？」

私が聞くと、フランは首を横に振る。

「いや、サキも姉らしくなってきたなって思っただけだよ」

お姉ちゃんらしい、かぁ……ちょっと照れくさいけど、嬉しいかも。

そう思っていると、フランは続ける。

「ついでにもう少し妹らしくしてくれたら、僕も嬉しいんだけどな」

フランは私と同い年だけど誕生日が早いから、一応私のお兄ちゃんではある。

だけど……。

私はそっぽを向いた。

「知らない。いつも意地悪なお兄ちゃんに出す妹感はないんだよ～」

「お姉さまの言う通りです！」

アネットまで賛同するのを見て、フランは後頭部を掻《か》く。

「それはひどいなぁ」

私たち三人は、顔を見合わせて笑った。


数分後、馬車は研究所に到着した。

私たちが研究所内の実験場に着くと、入口の近くに立っていたアニエちゃんがこちらに気付いて声をかけてくる。

「あら、やっと来た。洋服選び、今年も時間かかったわね」

フランはその言葉に、やはりげんなりした感じで答える。

「本当に。年々長くなっているように感じるよ」

「お疲れ様。そして今日はアネットちゃんも一緒なのね」

「はい！　皆さまにいろいろ教えていただきたいのですわ！」

「ええ、大歓迎《だいかんげい》よ！　でも、サキはこれから王城へ行くのよね？」

「うん。だからアネットの訓練はみんなにお願いしちゃってもいい？　……ところであの二人は何をやっているの？」

私が指差した先では、オージェとキールが体術戦を行っている。

しかもオージェが明らかに防戦一方だ。

アニエちゃんが呆れたように言う。

「あぁ、あれね。オージェが『キール！　男なら魔法だけじゃなくて体術も強くないとダメっすよ！』とかなんとか言い出して、模擬試合を始めたのよ。そしたら、キールってば意外といい動きするのね。あ、今の動きなんてサキそっくりじゃない？」

そういうことだったのね。

あぁ……あれは、キールが武術でも真似が得意なのか試したくて、私が教えたネル流武術だ……。

ごめん、オージェ。たぶんその子、通常技より一段上の技である結《むすび》や奥義は習得していないけど、ほとんどの技を使えるようになってるんだ。

「キールの体術があんなに優れているなんて知りませんでしたわ！　ぜひ私とも特訓を！」

そう言ってアネットはキールとオージェのところに走っていった。

私はその小さな背中を見送りながら、アニエちゃんに聞く。

「そうだ、アリスは？」

「あぁ、アリスならたぶんミシャと一緒に被服室にいると思うわよ」

「ありがとう！　行ってみるね！」


実験場を出て被服室へ。

中に入ってみると、まず近くの机の上に並んだたくさんの服が目に入る。

これ、もしかして全部着せたの……？

奥へ視線を向けると、おそらくミシャちゃんが作ったであろう服を着たアリスと、息を荒くしてアリスにカメラを向けているミシャちゃんがいた。

「これもいいですね！　あぁ、でもこっちも捨てがたいです！」

「ミ、ミシャお姉ちゃん……私、疲れたよぉ……」

あぁ……アリスの気持ち、痛いほどわかるよ。

以前ミシャちゃんと協力して作ったうさ耳パーカーを着た時も、こんな風に撮影大会《さつえいたいかい》が始まったから。

しみじみしていると、私に気付いたアリスがこちらに走ってきた。

「サキお姉ちゃん、お帰りなさい！」

「うん、ただいま。アリス、可愛い服着てるね」

アリスが着ているのは青色の生地に白のレースをあしらったドレス。

不思議の国のアリスのドレスを、もっと洗練させたような服だ。

最近王都へやってきたばかりだし、まさしく『不思議の国から来た女の子』って感じだなって思って噴き出しそうになる。

「ミシャお姉ちゃんが作ってくれたの！　でも、たくさん服を着たら疲れちゃった」

私は眉根《まゆね》を寄せるアリスの頭を撫でる。

「あぁ……私も気持ちはわかるよ……」

そんなタイミングで、机の上を片付けたミシャちゃんもこちらへやってくる。

「サキちゃん！　ちょうどよかったです！　サキちゃんにも着てほしい服が――」

「今日は疲れちゃったから……また今度ね！」

「えぇ～」

さすがにここでも服を何度も着替えるのは嫌だ……。

それにこの後に約束もあるし。

あ、そうだ。服と言えば……。

「ミシャちゃん、前に頼んでた服ってできてる？」

「あ、はい。それならここに」

そう言って、ミシャちゃんは机の横に置いてある鞄《かばん》から白い服を取り出した。

すると、真っ先にアリスが声を上げる。

「これ！　サキお姉ちゃんと同じ服！　うさ耳天使！」

実はミシャちゃんに、アリス用のうさ耳パーカーを作ってもらっていたのだ。

別にうさ耳はいらなかったんだけど……。

アリスはミシャちゃんから受け取ったうさ耳パーカーを嬉しそうに抱きしめている。

「アリス、着てみて」

私の言葉に、アリスは勢いよく頷く。

「うん！」

そうしてパーカーを着たアリスはなんというか……不思議の国感がより増した気がする。

今度、時計の飾《かざ》りも作ってみよ。

そんな話は置いておいて……実はこのパーカーには、私のものとは違うある仕掛けが施《ほどこ》されている。

アリスはどうやらそれに気付いたようで、声を上げる。

「これ……」

「気付いた？」

私はこのパーカーの仕掛けについてアリスに説明する。

このパーカーには、私のものとは違い魔石が付いていない。

その代わり、袖を通すと着用者の魔力を少しずつ吸い、自動バリアを発動するようになっている。

つまりこれを着ている限りは、アリスの魔力が許容量を超えることはないし、その上で身を守ることもできるのだ。

そんな私の説明を聞いて、アリスはパッと笑顔になった。

「それじゃあこれを着ていたら――」

「うん。体質を気にせず、アリスもみんなと同じように過ごせるはずだよ」

「……！」

アリスの目にじわりと涙《なみだ》が浮かぶ。

「ありがとう……サキお姉ちゃん……ミシャお姉ちゃん」

すごく喜んでくれているみたいでよかった。

私とミシャちゃんは顔を見合わせて、笑った。

さて、洋服も無事渡せたことだし――

「それじゃあ、そろそろ行こうか！」

私がアリスの手を握って部屋を出ていこうとすると、私の肩をミシャちゃんがガシッと掴《つか》んだ。

「待ってください！　サキちゃんもうさ耳パーカーをぜひ着ていってください！」

「え？　いやいや、自動バリアは別にいらないんだけど……」

「アリスちゃんも、どうせならサキちゃんとお揃いの服を着たいですよね？」

「う、うん！　私、サキお姉ちゃんと一緒がいい！」

アリスが満面の笑みをこちらに向けてくるものだから、断るに断れなくなってしまう。

私は口を尖らせて「わ、わかったよ……もう」と言うしかなかった。


それからしばらくして、私とアリスは研究所を出た。

なぜ『しばらくして』なのか……それはミシャちゃんが興奮《こうふん》して私たちの写真を撮りまくったから。

……なんだかどっと疲れたよ。

ともあれ、なんとか研究所を出発してこれから向かう先は王城だ。

今日の用事、それは私が魔法を教えてあげたこの国のお姫様――プレシアにアリスを紹介することである。

「おっきぃ～……」

王城を前にして、アリスが呟いた。

確かに、初めて王城を目の前にするとそう思うよね。

アリスの手を握って、守衛《しゅえい》さんのところへ向かう。

「こんにちは、アルベルト公爵家養子のサキ・アルベルト・アメミヤです」

「ああ、サキ様！　プレシア姫様が首を長くしてお待ちしておりますよ。そちらの方は？」

守衛さんは、私と手を繋《つな》いでいるアリスに目を向ける。

アリスは緊張しているようで、完全に固まっていた。

そんなアリスに代わって、私は言う。

「プレシアに会わせようと思って連れてきたんです。事前に王様に許可はいただいています」

「そうでしたか。ではどうぞ」

「ありがとうございます。さ、行こう。アリス」

私はカチコチのアリスの手を引っ張って王城の中に入った。

今日は晴《は》れてるから、たぶんプレシアは中庭にいると思うんだけど……。

そう結論付けた私は、いったん中庭に向かうことにした。

ふとアリスの方を見ると、顔が青い。

「アリス、緊張してる？」

「緊張しちゃうよ……だって、これからお姫様に会うんでしょ？」

「そんなに緊張しなくても大丈夫だよ。アリスと同い年だし」

「そうかもしれないけどぉ……」

そんな風に話しながら廊下《ろうか》の角を折れたところで――バッタリ王妃様と会った。

私が王妃様に一礼すると、アリスもそれに合わせて、慌てて頭を下げる。

それを見た王妃様の口角が上がった。

「あらあら、王城に可愛いうさぎが二匹も迷い込んでいるようね」

「こんにちは、王妃様。この格好《かっこう》のことは触れないでください……」

私はそうお願いしてみたけど、華麗《かれい》にスルーしつつ王妃様は言う。

「そっちの子うさぎちゃんは例のお店で働く子？」

「……はい。さ、アリス」

挨拶をするように促《うなが》すと、アリスは頭をバッと上げる。

「は、初めまして！　ア、アリしゅ……」

緊張で早口になったアリスは、自己紹介を綺麗に噛《か》んでしまう。

顔がかぁっと赤くなった。

それを見ていた王妃様はふふっと笑って、アリスの前にしゃがむ。

「王妃様！」

ドレスが地面について汚《よご》れてしまうことを気にしたのだろう。声を上げたお付きの女性に、王妃様は「よいのです」と声をかけてアリスを見つめる。

「緊張しなくても大丈夫ですよ。ゆっくりでいいから、あなたのお名前を教えてくれるかしら？」

「……アリス・シャンスです」

「そう、アリス。いい名前ね」

王妃様はもう一度優しい笑みをアリスに向けてから立ち上がり、私の方へ視線を移した。

「これからプレと会うのかしら？」

「はい。王妃様は聞いていないんですか？」

「えぇ、あの子ったらあなたを独《ひと》り占《じ》めしたいみたいで、教えてくれないの。たぶんプレは中庭にいるわ。折角ですし、このまま私も一緒に行こうかしら」

「お仕事中ではないのですか？」

「一段落ついたところだから、少し休むくらい問題ないのですよ。さ、行きましょう」

まぁ、王様と違って王妃様は真面目《まじめ》な方だから大丈夫だよね。

そのまま私たちが中庭に向かうと、ソワソワした様子でお菓子が並んだテーブルの周りを歩くプレシアが目に入る。

先頭を歩いていた私に気付くと、ぱぁっと表情を明るくしたんだけど、その後ろに王妃様がいるのを見て固まった。

「ど、どうしてお母様《かあさま》がこちらに？」

プレシアは目を丸くして驚きながらも、なんとかそう口にした。

そんな娘に対して、王妃様はウィンクしてみせる。

「ちょうど廊下でサキと会ったの。今日はもう一人可愛らしい子がいることだし、とても楽しそうだったのでついてきちゃいました」

「でも今日はお仕事が……」

「それなら午前中にほとんど終わったわ」

サラッと言ってるけど、結構すごいことなんじゃない？

王様があんな感じでも国のお仕事が成立しているのは、もしかして有能な王妃様のおかげ？

そんな風に驚いている私の横で、プレシアは複雑な表情を浮かべている。

王妃様に内緒で私と会いたかったっていう残念さ半分、黙《だま》っていたのがバレてしまった気まずさ半分って感じかな。

だが、そんな反応も慣れっこなのだろう、王妃様はテーブルの方を指差して言う。

「さ、いつまでも立ち話してないで座りましょうか」

席に着くと、控《ひか》えていたメイドさんたちが紅茶を淹《い》れて私たちの前に置いてくれた。

そんなタイミングで、王妃様が切り出す。

「プレとアリスは初対面でしょう？　プレ、自己紹介をしたらどうかしら？」

プレシアはその言葉に頷いて立ち上がると、アリスに向かって丁寧にお辞儀する。

「はじめまして。エルト国王、ヴァンヘイムの長女、プレシア・エルトリアス・ヴェイクウェルと申します」

プレシアは初めて私と会った時とは全然違う、王族に相応《ふさわ》しい堂々とした態度で挨拶をした。そして顔を上げるとニコッと笑う。

私が魔法を教えてからというもの、プレシアはどんどん自分に自信をつけてるって王様も喜んでいた。そんな成長を目の前で見せてもらったような気持ちになり、笑みが零《こぼ》れてしまう。

そして、それを見たアリスも慌てて立ち上がって頭を下げる。

「は、はじめまして！　サキお姉ちゃんのお店で働かせてもらうことになったアリス・シャンスですっ！　よろしくお願いします！」

それに対して拍手《はくしゅ》してから、王妃様は言う。

「さて、自己紹介が済《す》んだばかりで申し訳ないんだけど、二人でお喋《しゃべ》りしていてくれるかしら？　私はサキに少しだけ話があります」

「「えっ!?」」

プレシアとアリス、息がぴったりだ。

戸惑《とまど》う二人に、王妃様は続ける。

「二人には内緒の話なので、あちらのテーブルに移動してくれると助かるんだけど」

「うぅ～……わ、わかりました」

プレシアはやはり王妃様に逆らえないのか、悔しそうにしながらも離れたテーブルの方に移動した。

まぁ内緒の話だと言われたら押し切ることもできないって感じか。

そしてアリスは、困ったような表情で私の方を見る。

「えっと、アリスもちょっとだけお願い」

私がそう言うと、アリスは危なっかしい足取りでゆっくりと向こうのテーブルに向かっていった。

きっとお姫様と二人でお喋りをするというシチュエーションに、だいぶ緊張しているのだろう。

……大丈夫かなぁ、アリス。

まぁ、プレシアは優しい子だから大丈夫だよね。

私と、あと回復魔法のことになるとちょっと夢中になっちゃうだけで……だけで……。

あぁ、どうしよう、ちょっと心配になってきたかも。

そんな風に考えていると、王妃様がおずおずと声を上げる。

「サキ、せっかくプレに会いに来てくれたのにごめんなさい」

「いいえ、気にしないでください。それで、話というのは？」

「あなたが始めようとしているお店についてです。何を売るのかは王やフレルから聞いています。

大変興味深いですね」

「そ、そうでしょうか？」

「はい。現在、平民の中では、男が仕事に行って女は家事や育児を行い、貴族であれば、その家事
育児をメイドや使用人に任せている……というのが通例です。しかし、あなたが売ろうとしている
商品は家事による拘束時間を短くし、やがては労働力を増やすための足掛かりになるでしょう」

そんな大それたことを考えていたわけじゃなくて、ただアリスの力を活かしたかっただけなんだ

けど……。

ここまで褒められると、何も考えずにお店を出そうとしていた自分が恥《は》ずかしい。

そう思っていると、王妃様は声を低める。

「しかしその反面で、よくない考えを持っている者もいます。あなたが作り出す商品を軍事利用したいという輩《やから》たちです」

「軍事利用……？」

「簡単に言うと、武器や防具、罠《わな》に兵器……そういったあれこれに、サキの生み出した技術を転用できるのではないか、と」

「確かに武器を作ることは可能ですが……この服だってその第一段階みたいなものですし」

私はそう言ってパーカーを少し引っ張ってみせた。

すると王妃様は驚いた顔をする。

「そんな可愛い服にさえ、何か仕組みがあるのですか？」

「はい。フードを被っていれば、第五級《クイル》までの魔法を感知して自動でバリアが張られ、攻撃を防ぎます。しっかりテストしたことはないんですけど、第五級《クイル》の魔法でも三回くらいまでなら受けても大丈夫じゃないかなって」

「そ、それは……凄《すさ》まじいですね」

「そうですか？」

うーん、私としてはもうちょっと耐久性があればばって思っているんだけど……。

首を傾げる私を見て、王妃様は少し困っている様子。

「あなたのお店の詳細《しょうさい》を知る者は限られますし、具体的な商品の情報は公《おおやけ》になっていないので、具体的にどう軍事利用するかまでは考えが及んでいないでしょう。ですが、どこで誰が見ているかわかりません。情報の管理や店員の安全管理は徹底した方がよいですよ」

「は、はい……」

王妃様に言われたことは寝耳に水もいいところだった。

だって、みんなの生活を豊かにしようと作り出した発明品が軍事利用されるだなんて、思いもしないもの。

私だけじゃ不安だし、今度レオン先輩と一緒に対策を考えよう。

そう眉間《みけん》に皺《しわ》を寄せながら考えていると、王妃様は声を明るくして「とはいえ」と切り出す。

「王も私も、あなたにはとても期待しているのです。これからもこの国の助けになってほしいと思っています。だからこそ、あなたという素敵な人材を邪《よこしま》な思いを持つ者のせいで失いたくありません。私たちもできる限り協力します」

この国のトップにそんな風に思われているなんて、光栄な反面ちょっとプレッシャーだ……。

私は背筋を伸ばして、頭を下げる。

「はい。ありがとうございます」

王妃様は優しく微笑んでから、立ち上がった。

残っている仕事を終わらせなければならないらしい。

優しい王妃様の期待に応えられるようにしっかり準備しようと決意を新たにしつつ、私はプレシアとアリスの待つテーブルの方へと足を向けた。

◆

私――アリスがプレシア姫様と一緒にテーブルを移ってから、一分くらいが経《た》った。

いや、たぶん一分くらいじゃないかなって思うだけで、緊張のあまり正確な時間はわからないんだけど。

移動させられてから、プレシア姫様がサキお姉ちゃんと王妃様をあまりにも羨《うらや》ましそうに見つめているものだから、私は話しかけるタイミングを見つけ出せない。

うう……初めて会うお姫様相手にどんな話題を選ぶべきかなんてわからないよぅ。

そんな風に考えて思わず俯《うつむ》きかけたタイミングで、お姫様の声が聞こえる。

「アリス様……でしたっけ？」

私は慌てて顔を上げて言う。

「わ、私なんかに様付けだなんて恐れ多いです！　呼び捨てにしていただいて大丈夫ですので！」

「何を言ってらっしゃるんですか。あなたは先生のお店で働かれるのですから、失礼な態度は取れません。それに、私とあなたは歳《とし》が同じだと聞いています」

「ですが……」

渋《しぶ》る私を見て、お姫様は思いついたような声を上げた。

「それではこうしましょう！　あなたには私のお友達になっていただきます。これからはお互い呼び捨てで、敬語もなし！」

「えぇ⁉」

私は思わず驚きの声を上げてしまった。

プレシア姫様が私を呼び捨てにするのは構わないが、私も呼び捨てにするのは失礼な気がしてしまう。

兵士の人に聞かれたら私、罪に問われるんじゃ……。

いろいろな考えが巡り、無言になる私を見て、お姫様はぷくーと頬《ほお》を膨らませた。

「もう決めたの！　アリス！　あなたは私のお友達にならなくちゃダメ！」

「あ……」

お姫様に自分の名前が呼ばれた時、ふわっと体が宙《ちゅう》に浮くような、そんな感覚に包まれた。

同い年の女の子に初めて名前を呼ばれちゃった！

……それどころか、年の近いお友達なんて今までいなかったもの。

メルブグではほとんど家の中にいたし、王都エルトでもサキお姉ちゃんのお友達としかお話ししていないし。

私は熱に浮かされたような心持ちで言う。

「ほっ、ほんとに私なんかでいいのでしょうか⁉」

元々孤児で、体も弱くて、魔法すらまだまともに使うこともできない私なんかが、お姫様とお友達？

とても嬉しくて、光栄なことだけど……私のせいでいつかお姫様に迷惑がかかってしまうかも……。

そんな私の暗い考えを払い除《の》けるように、お姫様は身を乗り出して、私の手をぎゅっと握った。

「いいの！　それとも……私とお友達にはなりたくない？」

「そ、そんなことないです！　お姫様とお友達になれるなんて光栄です！」

「じゃあ、アリスも私のことを別の呼び方で呼んで！」

期待の眼差《まなざ》しを向けるお姫様が可愛くて少し照れ臭《くさ》かったけど、私はゆっくりと口を開いた。

「プレシア……ちゃん」

結局呼び捨てにはできなかったけど、私の呼び方を気に入ってくれたのか、プレシアちゃんは笑ってくれた。

「うん、それでいいの！　あなたのことを教えて！　まずはその可愛らしい服から！　先生と同じものだよね？」

「あ、この服はね――」

それからプレシアちゃんにメルブグでのことを話したり、逆にプレシアちゃんとサキお姉ちゃんとのことを聞いたりした。

お互いにサキお姉ちゃんに助けられたこともあって、サキお姉ちゃんの話をするとすごく楽し

かったし、盛り上がった。

しばらく話をしていると、王妃様との話が終わったようで、サキお姉ちゃんが私たちの方に合流してくる。

どうやら王妃様は仕事に戻ったらしい。

それからは三人で紅茶を片手にいろいろな話をした。

その時間はメルブグで暮らしている時には思いもしないくらいに素敵で、夢のようで……あっという間に過ぎ去ってしまった。

だけど、最後にまた会おうねって約束したんだぁ。

私は初めてお友達ができたことがすごく嬉しくて、帰り道でもサキお姉ちゃんにプレシアちゃんのことばかり話してしまった。

3　ギルドのひと悶着《もんちゃく》

いよいよ今日から新学期だ。

私――サキは五学年に進級した。

代表戦でチームメイトだった学園の先輩であるラロック先輩と初めて会ったのが、確か彼が五学年の時だ。

それに追いついたと思うと、少し感慨《かんがい》深くもある。

「はぁい、皆さん。今年の皆さんの担任は先生でーす」

教室に入ってきた先生は、いつも通りののんびりした声で私たちに挨拶をしてから、出席を取る。

なんやかんや担任の先生はずっと変わらなかったたし、アニエちゃんを始めとしたいつものメンバーも同じクラスのままだった。

「さて、皆さん。五学年からは魔力の使い方をより深く学んでいきます。中にはもう使える人もいるようですが、魔力操作がメインの内容ですよー。魔力操作は魔法使いの戦闘において攻撃《こうげき》、防御《ぼうぎょ》、回避《かいひ》と様々な場面で使える重要な技術です。それに加えて戦闘訓練もしっかり行うので頑張っていきましょうね！」

そんな先生の言葉と共に、授業は始まった。


あっという間に学校が終わった。

昨年から科目も増えたし、勉強も楽しくなりそうだ。

私は荷物をまとめつつ、アニエちゃんに聞く。

「今日も研究所で特訓するよね？」

「えぇ、もちろんよ」

すると、ミシャちゃんがうっとりしたように言う。

「今日はアリスちゃんにどんな服を着てもらいましょうか……」

それを聞いて思い出したのだろう、オージェがフランに確認する。

「そういえば今日だったたっすよね。二人に魔法を教えるの」

「そうだったね」

アリスが魔力判別水晶を使った時に魔力が溢れすぎてちょっと危なかったので、キールとアリスには、まず魔力操作からしっかりと教えていこうってなったんだよね。

でも、二人には魔法を使う楽しさもそろそろ味わってほしい。

そういうわけで、今日は二人に魔法を使わせてみようってことになったのだ。

私たちがいれば、うまくいかなくてもフォローできるだろうし。

……二人はどんな魔法を使うんだろう。楽しみだなぁ。


研究所に着くと、キールとアリスが出迎えてくれた。

二人ともわくわくしているのが見て取れる。

アニエちゃんがそんな二人に向かって笑いかける。

「こんにちはキール、アリスちゃん」

「おう！　アニエ姉！」

「アニエお姉ちゃん、こんにちは！」

二人はアニエちゃん以外の三人とも楽しそうに挨拶を交わしている。

すっかりみんなと仲良しになったなぁ。

それから私たちは荷物を置いて、地下の実験場へ向かう。

「さてと、今日はいよいよ魔法の練習だね。二人とも魔力操作はしっかりできるようになった？」

魔力操作は魔力を精密《せいみつ》に、かつ自在に操作する技術。二人には魔力を意図した場所に集める特訓をさせているのだ。

「みんなみたいに速くはできないけど、ゆっくりならできるようになったぜ！」

「自信はないけど……私も一応」

報告してくれたキールとアリスに私は言う。

「十分だよ。なんなら魔力操作って、私たちの学年から学ぶ技術だったみたいだし……」

さっき馬車の中でその話になったんだよね……魔力操作の技術って五学年から習うんだぁ、どうりで授業でやっていなかったよなぁって……。

とはいえ、早めにできるようになって損《そん》なことはないだろう。

「え？」ってキールが聞き返してきたけど、私は誤魔化《ごまか》すように咳《せき》払いを一つして、話題を変えることにする。

「そうそう、そういえば、私が教えたイメージトレーニングもちゃんとやってる？」

「おう！」

「はい！」

キールとアリスは、そう元気に返事した。

「サキ、イメージトレーニングって？」

アニエちゃんの質問に答えるべく、口を開く。

「私が魔法を覚えたての時によくやってたの。ほら、魔法ってイメージが重要になるじゃない？　だから、魔法を使って何がしたいかを考えておいてって宿題を出していたんだ」

「なるほどね」

魔法に必要なのは魔力・媒体《ばいたい》・イメージだって、かつてネルが言っていた。魔力によって作り出したいものの形を明確にイメージする力が向上すれば、それは魔法の技術の上達にも繋がるのだ。

私は魔法の概念を理解するだけで、経験がなくともスキルを使えるようになる【習得《しゅうとく》の心得《こころえ》】を持っているから、よりイメージ力が大事だったたってこともあるんだけど。

とはいえ、そうでなくともイメージ力によってどんな魔法が得意かが変わってくる。

オージェとミシャちゃんがいい例だ。

ミシャちゃんは、普段から服を作ったり、新作の服のデザインを考えたりと、明確な形を頭の中でイメージする習慣があるから水魔法を自在な形に変化させられる。

それに対してオージェは形をイメージすることがとても苦手だ。

だけどその反面、感覚に関するイメージ力はミシャちゃんよりも高い。そのため、電気を纏《まと》う魔法【雷電纏《エレクトウェア》】を習得できたのだろう。

それじゃあ早速、実践《じっせん》だ。

私はキールとアリスに言う。

「さて、それじゃあ二人とも、誰もいない方に手を向けてみて。まずはゆっくりでいいから、しっかりと魔力を手に集める。そうそう……力まず自然な呼吸でね」

二人は深呼吸しながら、魔力を両手に集中させた。

キールは器用だから心配していなかったけど、以前魔力を暴発させたアリスも今は落ち着いている。

「そのまま魔法のイメージを固めて、使いたい魔法を唱えてみるの。はい、キールから！」

「……グランド！」

キールが唱えると、キールの掌から少し離れた空中に土のかたまりが現れる。

それは段々と大きくなり——やがて、レオン先輩の像ができ上がった。

近くまで寄ってみると、かなり精巧《せいこう》だとわかる。髪の毛や服の細かい装飾に至るまで、作り込まれているのだ。

「はぁはぁ……どうだ？」

相当集中していたのだろう、キールは息を切らしている。

そんなキールの肩を、オージェが叩く。

「キール、すごいっす！　こんなリアルな像、そうそう作れないっすよ！」

アニエちゃんも、うんうんと頷く。

「驚いた。キール、土魔法の才能があるかも！」

「そ、そうか？　へへっ！」

キールは嬉しそうに笑った。

土はすぐに成形しないといけないため、土魔法を使う上で最も重要なのは、イメージを細かく素早く固めることだ。そう考えると、器用なキールと相性がいいのかもしれない。

するとそんなキールに対抗するように、アリスが一歩前に出る。

「次は私！」

私たちは気合十分のアリスの後ろに立って、見守ることにした。

「イメージ……おっきい炎……炎……」

アリスは深呼吸を二回した後、大きな声で言う。

「フレアっ！」

アリスの目の前に巨大な赤い魔法陣が出現し、そこから大きな炎が飛び出した。

そんなタイミングで後ろの扉が開く音がする。

「サキはいるかい？」

現れたのは、レオン先輩。

先輩の目の前で、アリスの炎が先ほどキールの作り出した土の像を呑み込む。

そしてそれは一瞬で塵《ちり》と化した。

その光景に、その場にいた全員が驚きのあまり固まる。

魔法を発動したアリス自身もまさかこんなに威力《いりょく》が出ると思っていなかったのか、何も言えずにいた。

そんな中、レオン先輩が複雑な表情で言った。

「……えっと僕、何か恨《うら》まれることでもしたかい？」

……この状況、説明難しいなぁ。


その後はアニエちゃんがアリスに炎魔法を教え、ミシャちゃんがキールに魔法の成形方法の指導を行うことになった。

私はレオン先輩と二人で、地下の実験場から研究室兼自室に来ている。

まず、さっきの状況が偶然によって作られたものだと説明した。

どうにか事情をわかってもらったので、私は二人分のお茶を淹れつつ聞く。

「それで先輩、何か用事ですか？」

「あぁ、お店を始めるにあたって先にギルド登録をしておいた方がいいと思ってね。屋敷に行ったら、研究所にみんなで集まってるって聞いてここに来たんだ」

レオン先輩曰く、この国で商売をするのならギルド登録というものが必要らしい。

ギルドには商業ギルドと冒険者ギルドの二つがある。

私たちは今回商業ギルドにて、登録の手続きを行わなきゃいけないんだとか。

「開店直前になってバタバタするのも嫌ですし、先に登録しておいた方がよさそうですね。何か必要なものってありますか？」

「これといってないけど……ライセンスの発行料がかかるくらいかな」

「わかりました。先輩はライセンス、作ったことあるんですか？」

レオン先輩は旅行中に、冒険者になるのが夢だと教えてくれた。だからもしかすると冒険者ライセンスだけなら作っているかもって思ったんだけど、そうではないらしい。

先輩は首を横に振った。

「実は僕もまだ作ったことがないんだよ。だから一緒に行こうと思って誘いにきたってわけさ」

「そういうことだったんですね。わかりました、少し待っていてください。みんなに伝えてきます」

私は先輩を自室に残し、実験場へ。

すると、ミシャちゃんが声をかけてくる。

「あ、サキちゃん。用事は済みましたか？」

「ミシャちゃんごめん。ちょっと先輩とギルドに行かなきゃいけなくなって……みんなに伝えておいてくれないかな？」

「それは構いませんが……その格好で行くつもりですか？」

「そうだけど……」

私は自分の服を見る。

何か汚れが付いているのかなって思ったけど、そういうわけでもないみたい。何が言いたいんだろう？

首を傾げる私に対して、ミシャちゃんは胸の前でバッテンを作った。

「いけません！　先輩と二人きりでお出かけなんでしょう⁉　一緒に来てください！　確か被服室

に前に作った服があるはずなので！」

「え？　ちょっと……」

私はミシャちゃんに被服室へと引っ張っていかれる。

ミシャちゃんはクローゼットの中から一瞬で服を選び出し、私に突きつけてきた。

「さ、こちらに着替えてください！」

「えぇ……？　ただギルドに行くだけだよ？」

「何を言っているんですか！　女の子が男の子と会う時は、常に戦いなんですよ！　それがお出かけとあれば、尚更です!!」

私は熱弁するミシャちゃんに、ジト目を向ける。

「もう……またレリアさんから変な本借りたでしょ……」

レリアさんは私たちのクラスメイトの女の子。ミシャちゃんは彼女から借りた恋愛小説の影響《えいきょう》を多分に受けているのだ。

「いいから、とにかく着てください！」

「……わかったよぉ」

言われた通り、服を着替えると、ミシャちゃんに髪型まで整えられた。

こうして万全な準備をさせられた上で、私はレオン先輩の元へ向かう。

ずいぶんと待たせてしまったな……なんて思いながら自室の扉を開くと、その音にレオン先輩が振り返る。

「サキ？　ずいぶんとゆっくりだっ――」

私が部屋の中に入ると、先輩が固まる。

「お待たせしてすみません……」

私が頭を下げると、先輩は慌てて頭を振る。

「……い、いや、大丈夫。それじゃあ行こうか」

私は、部屋を出ていった先輩の後を追う。

なんだか先輩の顔が赤い気がしたけど……気のせいかな？

◆

僕、レオンはサキと一緒に研究所を出てギルドを目指し、歩いている。

ギルドは研究所からはそんなに遠くはなく、歩いて十数分といったところだろう。

そんなことはどうでもいい。

僕が気になって仕方がないのは、サキの格好だ。

いつもは白地に紫《むらさき》のリボンがついたドレスを着ているサキだが、今着ているのは見たことのない服だ。

胸の下から膝のあたりまで伸びた明るいブラウンのスカートに、黒色のゆったりとしたジャケットを羽織《はお》っているので、全体的にふわっとした雰囲気。

長めの袖で手が半分ほど隠れていて、なんだか不思議と守ってあげたくなるような愛くるしさまで感じてしまう。

それに、髪型もいつもと違う。

編《あ》み込んだ髪を後ろで束《たば》ねて下げているから、髪で顔が隠れない。

自然と可愛らしい表情へと目が惹きつけられる。

「あ、あの……先輩？」

サキから声をかけられた僕は、足を止めて振り返る。

「どうかしたかい？」

「ちょっとだけ……いつもより歩くのが速いです……」

「あ……」

小柄なサキと歩く時は、いつも歩幅《ほはば》を合わせていたのに……。

いつもと違う姿のサキに、相当動揺しているらしい。

「ご、ごめん」

「いいえ。もしかして……待たせちゃったの怒ってますか？」

いけない。サキに変な気を遣わせてしまった。

サキはいつものんびりしているのに、人の感情にはかなり鋭《するど》いところがあるから……。

彼女はうさぎと似ているかもしれない。この前のうさぎ耳がついた服はぴったりだったんだな。

そんなことを考えていると、自然と口元が緩《ゆる》んでしまう。

「大丈夫、何も気にしていないよ。そうじゃなかったら、この間出かけた時、サキの寝坊《ねぼう》に怒っていたはずだろう？」

冗談めかして言うと、サキの顔がかぁっと赤くなる。

「私の朝の姿は記憶から消してください……」

「それはちょっと無理かな」

「それなら私が闇魔法で……」

「全力で阻止させてもらおう」

魔法を消し飛ばせる僕相手じゃ流石《さすが》に無理だと悟ったらしく、サキはようやく諦めてくれた。

少し頬が膨れているように見えるけれど。

「さて、行こうか。今度はしっかりエスコートさせてもらうよ」

いつも通り……サキとの歩幅を考えて歩かなくては……。

そう思いながらちらっとサキの方を向くと、心臓《しんぞう》がもう一度跳《は》ねるのを感じた。

「レオン先輩？」

僕の顔を覗き込んでくるサキ。

その上目遣《うわめづか》いがあまりにも可愛らしくて、僕の心臓はまたしても存在を主張する。

落ち着け……レオン・クロード・ライレン……サキが可愛いのはいつものことだろう……。

服と髪が僕の好みに変わっただけじゃないか……落ち着くんだ……。

「大丈夫……行こうか」

なんとか心を鎮《しず》めて、僕はギルドに向けて再び歩き出した。

◆

私――サキとレオン先輩はギルドの前に到着した。

冒険者ギルドと商業ギルドは同じ建物の中にあって、ライセンス発行もその場でできるらしい。

そんなことより、先ほどから先輩の様子がいつもと違う気がするのはなぜだろう……。

もしかしてミシャちゃんが選んでくれた服にドキドキしてるとか？　……いやいや、そんなわけないか。

私は淡い期待を打ち消すように、ぶんぶん頭を振る。

そして、ギルドへと足を踏み入れた。

扉を開けると、中にはたくさんの人がいた。

大きな剣を背負った人や、とんがり帽子《ぼうし》を被って杖を持ったファンタジー映画に出てきそうな格好の人。煌《きら》びやかな装飾が施された服や豪奢《ごうしゃ》なアクセサリーを身に着けている人もいる。

冒険者と商人が集まっている、この場所ならではの光景なのかもしれない。

「いろんな人がいますね」

私がそう言うと、先輩は頷いた。

「そうだね。受付は……あっちか」

カウンターに向かうと、お姉さんが元気に声をかけてくる。

「王都エルトのギルドへようこそ！　本日はどういったご用件でしょうか」

レオン先輩も、それに笑顔で対応する。

「僕と、あと彼女のギルド登録とライセンスの発行をしたいんだけど」

「新規でのご登録に、ライセンスの発行ですね。冒険者か商人、どちらとしてご登録なされますか？　もちろん、どちらもご希望でしたらそれでも構いませんよ。料金は倍かかってしまいますが、それでもよろしければ！」

「なるほど。じゃあ、僕は両方登録しようかな。サキは？」

別に冒険者としての登録は、してもしなくてもどちらでもいいけど……もし後から登録したくなって改めて手続きしに来るのも面倒臭いかな。

「私も両方登録します」

すると、お姉さんは紙を二枚ずつ渡してきた。

「お二人とも両方ご登録をなされるのですね。ではこちらの紙に必要事項をご記入ください」

出された紙とペンを受け取り、内容に目を通す。

冒険者登録の欄《らん》には名前、生年月日、それから……使用する武器？　そんなことまで書かなきゃいけないのか。

それから『ギルドから紹介された仕事では最悪命を落とすこともあるが、責任は個人に帰する』ことに対する同意欄にチェックし、サインした。

そして商人登録の欄には、名前、生年月日、商売の経験、売ってきたもの、主に取り扱う予定の商品など……。

私はお姉さんに聞く。

「この『取り扱う商品』ってところ、空欄にしても大丈夫ですか？」

「はい。お店の情報を漏らしたくないからって書かない方も大勢おられますので」

そうなんだ。よかった、あんまりお店のことを他人に言っちゃダメって注意されてたし。

先輩の用紙をちらっと見たけど、先輩もしっかり商品情報は空欄にしていた。

だけどクロードの名前まで書いたんだ……うん、私も家名書いちゃおう。

そうして記入し終わった用紙を提出する。

するとお姉さんは書類に不備がないか確認し——

「レオン様に……サキ……様!?」

私とレオン先輩の顔を交互に見て目を丸くするとよろよろと立ち上がり、「しょ、少々お待ちを……」と言い残してバックヤードへと消えていく。

私は頬を掻きながら、先輩に言う。

「私たち、有名人みたいですね」

「まぁ……公爵家の名前を知らない人はあまりいないからね。申請書類で家名を隠すのはどうかと思ったから書いたんだけど……」

先輩もそう言って、苦笑いを浮かべた。

しばらく待っていると、お姉さんがなんだか威厳《いげん》を感じさせる二人を連れて戻ってきた。

その二人が、それぞれ挨拶してくる。

「初めまして、レオン様、サキ様。私、商業ギルドマスターを任されているミレニア・キロニンと言います。そしてこちらが……」

「お初にお目にかかる。冒険者ギルドマスターのウォーロン・テアだ」

ミレニアさんは眼鏡が似合うとても綺麗な人。艶《つや》やかなグレーの髪を揺らしながらお辞儀をしてくれた。

対してウォーロンさんは筋骨隆々《きんこつりゅうりゅう》な体の前で太い腕を組んでいるから、さらに体が大きく見える。

ギルドマスター二人が揃って登場したことで、周囲の人々の視線が集まった。

しかし先輩は動じることなく、綺麗に一礼する。

「初めまして。クロード公爵家次男、レオン・クロード・ライレンです」

先輩に倣《なら》って、私も挨拶する。

「アルベルト公爵家養子、サキ・アルベルト・アメミヤです」

「ご丁寧にありがとうございます。早速で恐縮なのですが、お二人にお伝えしたいことがあります。ここでは人目がありますので、できれば別室に移動していただきたく……」

ミレニアさんが申し訳なさそうに言う。

先輩が私に視線を向けた。

私は細かいことはわからないので、頷いてみせる。お任せしますの意だ。

先輩はちゃんとそれを察してくれたらしく、ギルドマスター二人に向き直る。

「わかりました。案内をお願いします」


案内された先はギルドの二階奥にある、待合室《まちあいしつ》のような部屋だった。

部屋の中央にソファが二つと、その間にテーブルが一つ置かれている。

私とレオン先輩は、二人のギルドマスターと向かい合うように座った。

全員が腰《こし》を下ろしたのを見て、ミレニアさんが口を開く。

「私どものわがままにお付き合いいただき、ありがとうございます」

「ミレニアさん、僕たちは公爵家とはいえまだまだ子供。それにこれからギルド登録をするんですから畏《かしこ》まった物言いは不要です」

気にしていたことを、レオン先輩が言ってくれた。

私たちはこの二人にいろいろと教わる立場なのだ。身分は大事かもしれないけど、いつまでもそういう扱いをされていては困る。

私もコクコクと頷いて、前にいる二人を見る。

ミレニアさんは少し驚いた顔をした後、にっこりと笑った。

「それでは遠慮《えんりょ》なく。普通のお客様に接する時のようにお話しさせていただくね」

「はい。ウォーロンさんもお願いします」

先輩がそう言うと、ウォーロンさんは軽く頭を下げた。

「気遣いに感謝する。ではここからは俺が話をしよう」

まぁウォーロンさんは最初に会った時から自然体って感じだったけど、それは言わなくてもいいことだろう。

ウォーロンさんは、咳払いを一つしてから話し始める。

「単刀直入に言おう。君たちのランクについて相談したく、こうして御足労《ごそくろう》いただいたわけだ」

先輩が聞き返す。

「ランク……ですか？」

前に本で読んだ情報によれば、冒険者にせよ、商人にせよ、ギルドに登録する者にはランクがつくらしい。

ランクが高ければ高いだけ報酬《ほうしゅう》が高価な依頼を受けることができるし、当然実入りもいい。

商人はランクが高ければ物をより高い値段で売れる——なんてことは流石にないけど、ランクによって通行税が免除されるなど特典があるのだそう。

ウォーロンさんは言う。

「ああ。君たちの実力は重々承知している。学園最強の魔法使いに、アクアブルムの英雄だよな？そりゃあ駆《か》け出《だ》し冒険者より腕が立つっていうのはわかる。だが、ギルドの秩序《ちつじょ》を守るためにも、冒険者としての実績のない君たちを特別扱いはできないのだ」

先輩は膝《ひざ》を打った。

「あぁ、なんだ。そんなことでしたか。そもそも僕たちは特別に扱われることを求めていません。むしろ普通の冒険者や商人と同じ扱いをしてもらわないと困ります。サキはどうだい？」

「え？　うーん、私も普通に接してほしいし、評価も正当にしてほしい……かな？　せっかく頑張ったのに、贔屓《ひいき》されているからだって周りに思われたくないですし……」

正直に答えると、ギルドマスター二人は顔を見合わせて頷く。

次いで口を開いたのは、ミレニアさんだった。

「お二人の考えはよくわかったわ。とても素敵な考えをお持ちね。ただ、一つ注意してもらいたいことがあるの」

「注意？」

私は思わず聞き返す。

なんだろう……他の先輩たちに愛想《あいそ》よくしろー！　とかかな……？　それとも、冒険者をターゲットにした詐欺《さぎ》に気を付けろ！　とか？

私がいろいろと考えを巡らせる中、ウォーロンさんが口を開く。

「商人ギルドには当てはまらない傾向だが、冒険者たちの間では、王都の貴族は厳しい目で見られているんだ」

「どうしてですか？」

そんな先輩の質問に対して、ウォーロンさんは苦々しく言う。

「君たちのように王都の貴族家の子供が経験を積むためにギルド登録をするのは珍しくないし、

我々としても歓迎している。だが、最近登録をした者の態度があまりよくないのだ。強い冒険者を金に物言わせてパーティに入れて依頼をこなし、自分だけの手柄《てがら》のように振る舞っている。そのせいで王都の貴族は性格が悪いという風評が広まりつつある」

あー……会社で一人態度が悪い人がいたら、その会社全体が悪い会社だっていう印象を持たれちゃう的な感じかな？

見たこともない人のせいでそんな印象になっているのは、ちょっと嫌だなぁ。

「今はどちらかといえば商業ギルドに用があるので、心配には及ばないかと思うのですが……」

そんな先輩の言葉に対して、ウォーロンさんはゆるゆると首を横に振る。

「新しく冒険者になった貴族がいるとなったら、何かしらちょっかいをかけてくる輩がいるかもしれん。そうならない可能性も勿論あるが、警戒《けいかい》しておくに越したことはないだろう。とはいえ、まぁ冒険者は自由な存在だ。貴族だろうとそれは変わらない。変に負い目を感じる必要はないがな」

「お気遣いいただき、ありがとうございます。それにしても、その貴族は周りから咎《とが》められないんですか？」

「まぁ、腫《は》れ物には誰も触れたくない……ってところだろう。国は冒険者のおかげで魔物や害《がい》獣《じゅう》、盗賊《とうぞく》の被害を防げていることを理解してるから、冒険者ギルドを権力で縛《しば》ることはしない。だが、貴族故の特別扱いはないとはいえ、それでも財力と権力を持っているのは確かだからな。敵に回したら厄介なことくらいはわかる……っとすまん。君たちも貴族だったな。気を悪くしたなら謝ろう」

私とレオン先輩は『お気になさらず』という意図を込めて、首を横に振る。

それにしても……なんかそういうの嫌だな……。

貴族の印象が悪いこともだけど、こうやって貴族と冒険者の間に溝《みぞ》ができていくのがとても悲しい。せっかくパパたちが商業区のみんなといい関係性を作っているのに……。

レオン先輩は聞く。

「僕たちに何かできることはありますか？」

「もし冒険者に絡まれた時は、なるべく穏便《おんびん》に済ませてくれるとありがたい。それだけだ。君たちが普通に過ごしているだけで、貴族全体の印象もよくなっていくだろう。なんせ君たちは、いい子だからね」

そう言ってウォーロンさんは微笑んだ。

そっか。私たちも貴族なんだから、いい印象を持ってもらうようにすればいいんだよね。

私もパパみたいに親しんでもらえるよう、頑張らなくちゃ！

「わかりました」

「私も、頑張ります！」

レオン先輩と私はそう言って頷いた。

話が一段落したのを見て、ミレニアさんがギラついた目をして聞いてくる。

「ご協力、感謝するわ。ところで……先ほど『商業ギルドに用がある』って言っていたと思うんだけど、どのようなご用件かしら？」

うわぁ……商売人の目だぁ……。

その後もいろいろ聞かれたが、レオン先輩がなんとか話を濁《にご》してくれた。

私が何度かうっかり話しそうになったけど、その度にうまく先輩が隠してくれて、どうにかなったわけだけど。

やっぱりレオン先輩を副店長にしたのは正解だったと、過去の自分に感謝するばかりだ。

そんなこんなでギルドマスター二人との話は終わり、私たちは部屋を出た。

ちなみに『ギルドマスター二人との話』とは言っても、ミレニアさんが商売の話を始めたのを見て、ウォーロンさんは先に部屋を出ていってしまったんだけど。

ミレニアさんと一緒に受付への通路を歩いていると、「そういえば」と彼女が切り出した。

「お店を出すんだったら従業員はあなたたち二人を含めて、あと三人はいた方がいいと思うわ」

「まぁ、人数が多いに越したことがないのはわかるんですけど……」

「なんせ扱っている商品が商品ですからね。そもそも信用を置ける人があまりいないんですよ」

私とレオン先輩はそれぞれそう答えた。

ちなみに機密に当たるものを扱うことだけは話してある。

下り階段に差し掛かる。

ミレニアさんは拳《こぶし》を握り、言う。

「だから、是非私の方から信用に足る人材を！」

「間に合っています」

ぴしゃりと一刀両断するレオン先輩。

私は「あはは……」と苦笑いする他なかった。

そんな会話をしながら階段を下りていたのだが、何やら下の階が騒《さわ》がしい。

さらに下ると、冒険者が集まっているのがわかった。

その人だかりの中心では……女の人が倒れている！

「あなたたち！　何をしているの！」

ミレニアさんがそう叫ぶと、冒険者たちはこちらを向く。

「これはなんの騒ぎですか？」

倒れている女の人の一番近くに立っている、鎧《よろい》を着た若い男にミレニアさんがそう聞くと、男は小馬鹿にしたような口調で答える。

「これはこれは、商業ギルドのギルドマスター様。騒ぎというほどのことではありません。うちのパーティ内の問題です」

そんな男に対して、ミレニアさんはなおも状況説明を求める。

しかし男はどこ吹く風といった様子だ。

私はそれを横目に見ながらしゃがみ込んで、倒れている女の人に声をかける。

「大丈夫ですか……？」

「は、はい……ありがとうございます……」

女の人は弱々しく答えて、顔を上げた。

呼吸が少し荒く、顔色は悪い……。

目の下に薄《うす》く隈《くま》ができているところを見るに、あまり眠れていないのかもしれない。

すると、そんなタイミングで鎧の男が私に声をかけてきた。

「これはこれはサキ嬢《じょう》ではないですか！　今依頼をこなして帰ってきたところですが、あなたに会えるとは！　私はツイているようだ」

……え、どこかで会ったっけ？

首を微《かす》かに傾げて固まる私に、レオン先輩が耳打ちしてくれる。

「たぶん、前に挨拶に来た貴族だと思うよ」

この間、私に挨拶したいっていう貴族が十三人もアルベルト家に来た。

確かこの人は五番目くらいに挨拶に来た……えぇっと……名前が……。

「このプローシュ・イスマイア、感激でございます」

鎧の男は、そう名乗った。

そうそう、イスマイア侯爵の御子息のプローシュさんだ。

確かレオン先輩と同い年で、冒険者ギルドで鍛えているから先輩の次に実力があるとかなんとか言っていた気がする。

「ところでプローシュ様、こちらの方は……」

私が聞くと、プローシュさんは倒れている女の人を指差す。

「あぁ、こいつはティルナと言いまして、うちのパーティのヒーラーです。こいつが今日の依頼でヘマをしましてね。まぁ私のフォローのお陰で依頼は無事終わりましたが。今後こういったことがあると困るので、こうして躾《しつ》けているんです」

この人は何を言っているんだろう。

私は純粋《じゅんすい》に、そう思ってしまった。

女の人――ティルナさんの顔を再度よく見ると、右頬だけ腫れている。

殴《なぐ》ったのか、こいつは……。

ふつふつと怒りが沸《わ》き上がってきて、思わず立ち上がった瞬間《しゅんかん》、レオン先輩が前に出た。

「プローシュ、ずいぶんと偉《えら》くなったんだな」

「なんだ、レオンか。お前も冒険者ギルドに登録したのか？　だったら敬《うやま》えよ。私はすでにランク6。お前よりも上なんだからな」

「あぁ、ランクが上で素敵な冒険者なら敬っていただろうな。お前のようなやつに対して尊敬《そんけい》するべきところなんて、何一つない」

レオン先輩がそう言い放つと、プローシュさんの顔が怒りで真っ赤に染まる。

「調子に乗るなよ！　以前お前に負けた時から私は変わったのだ。それに家の位など、ここでは関係ないんだからなぁ！」

そう言ってプローシュさんは腰に差した剣を五センチほど鞘《さや》から引き出す。

「そうだな……ここでは貴族の家の柵《しがらみ》なんて関係ないんだった。それじゃあ先輩、気に食わないのでここで斬《き》り伏《ふ》せてもよろしいですか？」

レオン先輩は、プローシュさんを鋭く睨《にら》んだ。

いや、それだけではない。

プローシュさんの首には、すでにレオン先輩の剣が触れている。

さすが一技必殺《いちぎひっさつ》の剣を扱うだけのことはある……私でも動きが見えなかった。

プローシュさんは悔しそうな表情を浮かべながら剣を仕舞い、後退。吐き捨てるように言う。

「覚えていろ……いつか後悔させてやる」

それから、倒れているティルナさんを睨んだ。

「ティルナ！　お前はクビだ！　私はもっと優秀《ゆうしゅう》なヒーラーを探す！」

プローシュさんはそれだけ言い残すとふんと鼻を鳴らして、パーティメンバーと共にギルドを出ていった。

私は騒動の収拾《しゅうしゅう》をミレニアさんに頼んで、レオン先輩と一緒にティルナさんを別室に連れていく。

ティルナさんは顔の痣《あざ》だけでなくあちこちに擦《す》り傷《きず》も作っていたので、彼女の全身に回復魔法をかける。

「ありがとうございます……」

ティルナさんは弱々しい声でお礼を言うと、気丈にも微笑んだ。

たぶん子供の私に気を遣わせないためだと思うけど、余計に心配になってしまう。

そんなタイミングで部屋の入口から声がする。

「それで、いったい何があったの？」

声の主は、ミレニアさんだった。

え、もうあの騒動を収めてきたの？

驚いてしまうけれど、今はそれよりもティルナさんの話の方が大切だ。

ティルナさんは少し口ごもったけど、さっきあったことを話し出す。

「今日は魔物を討伐する任務でした。魔物の討伐は何度もこなしてきたので、特に警戒していなかったんです。対象は王都から南西にあるドーバス村付近の小型フレアバード四体。いつも通り盾《たて》役の二人が前に出て、その後ろからプローシュ様が中距離から魔法攻撃をして、そして私が後方支援及び治療を行うという布陣《ふじん》でした。でも、今日はいつもと違うことが起こったんです……」

「違うこと？」

ミレニアさんが聞き返すと、ティルナさんは頷く。

「はい……今日出会ったフレアバードたちはなんというか……連携《れんけい》が取れているように見えました」

「魔物が連携を取る？　それって――」

私はフォルジュからの帰り道に魔物の群《む》れに遭遇《そうぐう》したことを思い出して、レオン先輩の方を見た。

大概の魔物は同じ種類、同じ属性同士で群れを作る。しかしその時は、別種かつ別属性の魔物が群れを成していたのだ。しかも通常ではあり得ないほど連携が取れていた。

ティルナさんが遭遇したのは同種の魔物のみで構成された群れだったみたいだけど……それでも何か関係がありそうだと思えてならない。

先輩も同じことを考えていたらしく、真剣な顔で頷いた。

ティルナさんは続ける。

「フレアバードは二体を囮《おとり》にして残り二体を盾役に捕まらぬようにさせ、プローシュ様を狙うようになりました。私は慌てて回復魔法をかけようとしましたが、カバーしきれず、プローシュ様はダメージを負ってしまったのです。盾役が囮二体を急いで倒してプローシュ様に合流したので、残り二体もどうにか倒すことができましたが、私はプローシュ様から仕事をサボるなと、手を抜くなとお叱《しか》りを受けてしまいました。後は先ほど見た通りです」

私は思わず拳を握る。

何それ……ティルナさんに悪いところなんて何もないじゃない……。

そもそも盾役が敵をすり抜けさせてしまった時点で戦線が維持できるわけないし、プローシュさんもリーダーなら一度引くっていう判断を下すべきだったんじゃないの？

それに、私も使うからわかるけど、回復魔法を動き回る味方にかけ続けるのってかなり大変なんだよ？

「……ティルナさんは悪くないです」

私が呟くと、ティルナさんはまた力ない笑みを浮かべ、私の頭を撫でてくれた。

「ありがとう。でも、元々実力不足で、依頼の処理や雑用なんかをする代わりにパーティに置いてもらっていた身だったの。しょうがないんだよ」

目の下の隈は、そういった雑務に追われて寝る間もなかったということなのか。

まるで前世での自分を見ているようで、辛い……こんな優しい人をひどい目に遭《あ》わせているあの人が腹立たしい……。

ティルナさんは、悲しそうに言う。

「でも、もうクビになっちゃったぁ……こんな私でも、誰かの役に立ちたいって思って故郷《こきょう》から出て、王都のギルドに来たけど……ダメだったよ……」

「これからどうするか、あてはあるのかしら？」

ミレニアさんが聞くと、ティルナさんはしばらく俯いてから、目に涙を溜めて口を開く。

「王都で別の仕事を探すか、送り出してくれたみんなには申し訳ないけど故郷に帰ります……」

「そう……故郷はどこ？」

「ドルテオです……二年ほど前に出てきたんですけど、やっぱり王都じゃ私なんて役に立てなかったみたいです」

ドルテオに二年前までいた？　まさか、そんな偶然あるわけないよね？

私はそう思いつつも、念のため聞いてみることにした。

「あの……二年ほど前にドルテオで女の子を治療しませんでしたか？　背中に大きな怪我《けが》をした……」

「え？　うん、治療したよ。ひどい怪我だったから治すのが大変で、どんな子だったかは曖昧《あいまい》にしか覚えていないけど。でもそういえば、その子もあなたみたいに綺麗な銀色の髪をしてたかも……って、まさか――」

や、やっぱり！　それじゃあ二年前、おばあちゃんの家にいた時に国家反逆組織・リベリオンのメンバーに負わされた傷を治してくれた冒険者って、ティルナさんだったの⁉

「は、はい。私、その時に治療してもらったサキと言います。その節はありがとうございました！」

「えぇ⁉　あの女の子があなた⁉　大きくなったねぇ……それに、元気そうでよかったぁ。あの時は無我夢中で治療したけど、ちゃんと治っていたか心配してたんだぁ」

ティルナさんはそう言ってホッとしたように笑った。

まさか恩人と再会できるなんて……でも、ずっとお礼をしたかったから嬉しい！

私はティルナさんの手を取る。

「ティルナさん、これから王都ではどんなお仕事に就《つ》こうって思ってますか？」

「え？　えっと、治療院で治療師として働ければって思っているよぉ。でも、治療院は外部から入った魔法使いには風当たりが強いって聞いたからちょっとねぇ……」

「お仕事内容にこだわりはありますか？」

「特にないかなぁ……王都だったらどんなお仕事でも、両親への仕送りを考えても生活に困らないほどの稼《かせ》ぎを得られるだろうし。あ、でも、肉体労働には自信がないかも……」

「算術や読み書きはできますか？」

「あ、うん。雑用ばっかりしてたから、そういうことはできるようになっちゃって」

ティルナさんは恥ずかしそうにえへへと笑った。

二十代半《なか》ばと若く、優しくて、事務作業が得意で、おまけに回復魔法まで使えるなんて、相当優秀だよね。

何より、私の恩人だもの！

私は言う。

「ティルナさん！　私のお店で働きませんか⁉」

「え？　え？」

戸惑うティルナさんを横目に、私はミレニアさんに聞く。

「ミレニアさん、冒険者の収入の平均は大体いくらくらいですか？」

「そうねぇ……大体月にこのくらいかしら？」

流石に声に出して言うのは憚《はばか》られたのだろう。ミレニアさんは冒険者の平均月収を紙に書いて、私とティルナさんに見せてくれる。

……意外と少ないなぁ。

右手でピースを作って、ティルナさんに突きつける。

「では、これの二倍の金額を出します！　住み込みで働いてくれるなら泊まる場所と食費も保証しましょう！　いかがでしょうか⁉」

「え⁉　えぇっと……」

私は薬指も立てる。

「足りませんか？　それなら三倍出します！　完全週休二日で、有給もいっぱい！　あとあと……可愛い兄妹ともお仕事できます！　どうでしょうか！」

「か、かんぜ……？　ゆうきゅう？」

むむむ……まだ悩む余地があるのか。

いや、元々あの貴族パーティの一員なのだ。お金だけはたくさんもらっていたのかもしれない。

「じゃあボーナスも出します！　年二回です！」

「サキ、ちょっと落ち着いて」

レオン先輩はそう言いながら私の口を手で塞いだ。そして、ティルナさんに頭を下げる。

「ティルナさん、まずはプローシュと同じ貴族の一人として、代わりに謝罪させてください。不当な扱いを受けたとのこと、大変申し訳ありませんでした。ですがこの国の貴族の全てが、あのような人間だとは思わないでほしい」

「い、いえ！　そんな、私は……」

「あなたがもし、まだ貴族に呆れていないというなら、我々貴族に償《つぐな》う機会をいただけないでしょうか。私たちがこれから開く店を手伝ってほしいのです。その中で、私たちの姿を見てほしい」

レオン先輩の言葉に合わせて、私もコクコクと頷く。

私たちを交互に見てから、ティルナさんはまた俯いてしまう。

彼女の体は小刻みに震えているようだった。

「でも、私なんてただの役立たずかもしれません……」

あぁ、やっぱりティルナさんは前世の私と少し似ている。

心のどこかで『自分はやっぱりダメな人間なんだ』って思っているんだ。

私の場合はナーティ様やパパ、ママ――この世界で出会ったあらゆる人に『あなたはダメじゃないんだよ、サキにはすごい才能があるんだよ』って伝え続けてもらった。

だけど、ティルナさんにそれを言ってくれる人は今いない。

次は、私が誰かを支えてあげられる人になりたい。

私はそんな決意を胸に言う。

「ティルナさんは役立たずなんかじゃありません。少なくとも、私は一度命を救われている。ううん、それだけじゃない。ティルナさんのその優しさはこれまでも、これからも多くの人を救うんです。だから変わらなくていい」

「でも……」

「ティルナさんのおかげで、私は今ここにいます。あなたが助けてくれた命で、こうして立っています。だからあなたがしてきたことは絶対に無駄じゃないし、役に立っているんです。救われた私が保証します」

私がティルナさんの目をまっすぐ見て伝えると、彼女は涙を零す。

前の世界で、私もこうして褒めてほしかったのかもしれない。

一言、『お前はできるやつだ』と言ってほしかったのかもしれない。

泣きじゃくる彼女の姿を見て、私はそう思った。

やがてティルナさんは涙を拭《ふ》いて、顔を上げた。

「よろしく……お願いします」

こうしてティルナさんは、私のお店の従業員になった。


その後、無事にライセンスをもらった私たちは、ティルナさんを連れて研究所に戻った。

ティルナさんは契約していた宿を解約し、研究所に住み込みで働いてくれるそうだ。

だから、この研究所が彼女の家になる。

実験場へ行くと、まだみんなは魔法の練習をしていた。

私はみんなを集めて、ティルナさんを紹介する。

「——というわけで、お店の会計と事務と、将来的には魔法薬の製作も担当してもらう予定の、ティルナさんです」

「ティ、ティルナ・ニーツタックです。よろしくお願いします」

みんなは温かい拍手で彼女を迎えた。

それじゃあ次は、お店で一緒に働く仲間をティルナさんに紹介しようかな。

「こっちの二人がさっき言った可愛い兄妹。商品を作ってくれる予定なんです。お兄ちゃんの方がキール、妹の方がアリス。仲良くしてあげてください」

「おう！　よろしくな、ティル姉！」

「よろしくお願いします。ティルナお姉ちゃん」

「うん。よろしくねぇ」

キールもアリスもティルナさんも楽しそうだ。相性はバッチリみたい。

そしてお次は――

「それでこっちが私の友達です。ちょくちょくお手伝いしてもらうかもしれないので、よろしくお願いします」

みんなもそれぞれティルナさんと挨拶を交わした。

うん、すごくいい雰囲気だ。

それにしてもキールとアリスを連れてきた時にも思ったけど、みんな、すごく自然に初対面の人を受け入れてくれるんだよね。

改めて温かい人たちだなぁって思う私だった。


それから少し雑談した後、私とレオン先輩でティルナさんに研究所の中を案内することになった。

私たち以外のみんなは、まだもう少し特訓をしてから帰るとのこと。

そんなわけで、まずはティルナさんに貸す予定の部屋へと向かう。

「ここをティルナさんの部屋にしようと思うんですけど、どうですか?」

「うん、いい部屋だねぇ。むしろ贅沢過ぎるくらいだよ」

「よかったぁ。なるべく広くてすっきりした部屋を選んだんですけど、気に入ってもらえて何よりです」

次に案内するのは職場だ。

研究所の入口付近にある、事務室みたいな部屋である。

「お店がオープンするまでは、ここで働いてもらう予定です」

私が言うと、ティルナさんは首を傾げる。

「それは全然いいんだけど……私は何をしたらいいの？　まだお店がないってことは、やることもあまりないんじゃないの？」

「えっと……これを書いてもらいたくて……」

私はおずおずと、すでに机の上に置いてある紙の束を指差す。

「これは？」

ティルナさんの質問に答えたのは、レオン先輩だ。

「お店を作る際に必要な書類ですね。一応ざざっと情報はまとめたんですけど、ギルド指定の書式に合わせなきゃならないらしくて……」

「あぁ、なるほど。ギルドってそういうところ細かいもんねぇ」

ティルナさんはくすくす笑うと、椅子《いす》に座って資料を見始める。

私は慌ててティルナさんを止める。

「ティルナさん、今日はあんなことがあったばかりですし、仕事しちゃダメです！」

「ううん、大丈夫だよ。いつも依頼の後に報告書を書いていたんだけど、もうそれもないし。今は体を動かしていたいんだぁ」

むぅ……嫌なことを仕事で誤魔化すのはなんだか違う気がする。

私はティルナさんの腕を引っ張って椅子から立たせる。

「サキちゃん？」

首を傾げるティルナさんに、私は言い放つ。

「ティルナさん、これは私からのパワハラです」

「ぱ、ぱわはら？」

「私が仕事をしちゃダメだと言ったら、ティルナさんは働かないでください」

「え？」

「ティルナさんは黙って無理をするタイプだと思うんです」

そんな私の言葉に対して、レオン先輩が口を挟む。

「サキがそれを言うかい？」

「先輩は黙っててください！」

私は再びティルナさんの方を向いた。

「休みなさいって言ったら、ちゃんと休んでください。これは店長命令ですよ」

「でも……」

「そうだ！　もう遅いですし、キールとアリスも連れて歓迎会をしましょう！　商業区に美味しいお店ができたって知り合いから紹介してもらったんですよ！」

私が笑って言うと、ティルナさんは何を言っても無駄だと悟ったようで、微笑んでくれた。

「……うん、わかったよ。店長の言うことは絶対なんだね」

「そうですよ。彼女は僕以外の従業員にだけ、『無理はするな、遠慮するな』と言うひどい店長なんですから」

レオン先輩がそんなことを言うので、私は頬を思い切り膨らませる。

「もう！　そんなこと言う副店長には、後でいっぱいお説教なんですからね！」


それから、私たちは実験場へ戻る。

今回紹介した二部屋以外は、追い追い教えていけばいいだろうという判断だ。

それより、もうそれなりに遅い時間だし、歓迎会をするとしたら早く出た方がいいかなって。

みんなにも歓迎会に来ないか聞いてみたんだけど、アニエちゃん、ミシャちゃんにオージェは家に夕食があるから、帰るとのこと。

「それなら僕も先に帰ろうかな」と言うフランに、ママとパパに夕飯を外で食べることを伝えてもらうことにした。


「それじゃあ……キールとアリスとティルナさんの就職に、かんぱーい！」

飲み物の入ったグラスを掲げると、みんなはキョトンとしてからおずおずとグラスを上げた。

歓迎会の場所として選んだのは、飲み屋だった。

というか騎士団のガスタスさんにおススメされたお店に行ってみたら、そこは飲み屋だった、と

いう方が事実には即している。

場に合わせて乾杯の音頭《おんど》を取ったんだけど……誰もついてきてくれなかった。

私だって前世の会社の飲み会で、最初の一回だけ呼ばれたもののその後は誘われなくなったから、飲み会の雰囲気なんてわからない。

そして副店長はこの王都エルトの四つしかない公爵家の次男、従業員三人は子供二人とブラックパーティから転職してきたおっとりお姉さん……うう、乾杯コールなんてしない方がよかった……。

「え、えっとぉ……お料理食べよっかぁ」

うう……ティルナさんの気遣いで、むしろ胸が痛いよ。


食事を始めて少しして、ティルナさんが私に尋ねてくる。

「そういえば、半分勢いでサキちゃんのお店で働く〜って言っちゃったけど、何を売るお店なの？」

あ、確かにまだお店について説明してなかった。

でも、なんて説明すれば……ここは人も多いし、誰かに聞かれでもしたらパパに怒られるかも……。

「えっと……便利な道具を売るお店、ですかね？」

「ん、んー？」

私たちはお互いに首を傾げる。

私としてもめちゃくちゃ曖昧な説明だなって思っているし、ティルナさんに理解できるわけないよね。

どうしよう……。

そう思っていると、レオン先輩がポケットからメモを取り出して、何かを書いた後にティルナさんに渡した。

「ティルナさん、実は……」

私もティルナさんの横に行ってメモの内容を読む。

『サキの店は王家が目をかけるほど注目度が高いです。なので、人目がある場所では詳細を明かせません。情報が漏れた場合、最悪国が動く可能性がありますので』

レオン先輩を見ると、笑顔で口の前で人差し指を立てて、しーっとジェスチャーしている。

あの……あんまり大袈裟に言わないであげて！ ティルナさんは私に似て心配性なんだから！

さっき食べた物、戻しそうになってるから!!

とはいえ事実ではあるので、訂正のしようはない。

うん、一旦ティルナさんの隣で元気に料理を食べている二人を見て私も落ち着こう……。

「ほーひえばハキねぇ（そう言えばサキ姉）」

「キール、ちゃんと呑み込んでから喋らないと、お行儀悪いよ」

私が注意すると、キールは食べ物を呑み込んだ後に口を開く。

「俺たちは何すればいいんだ？ とにかく物を作りまくったらいいのか？」

そういえば、キールたちにも開店までに何をするか伝えていなかった。

私は少し考えてから言った。

「細かい内容はまた今度研究所で教えてあげるけど、まずは……ショールームを作るよ！」

その言葉に、キールだけでなく全員がキョトンとした顔になる。

うん、まずはショールームって言葉の説明からだよね。この世界にそんな言葉、ないだろうし。

それからはショールームの意味を教えたり、それぞれの趣味の話をしたりして解散になった。

帰り道、私は拳を握る。

仲も深まった（？）ので、いよいよここからお店作りは本格始動だ。

私たちが学園に行っている間にキールとアリスは文字と魔法をティルナさんに、魔石工学をネルに学ぶことになっている。

そして学園が終わったら、全員で商品開発とかを進めるというのがひとまずの予定。

よーし、頑張るぞぉ！

4 アリスとキールの戦い

ティルナさんが仲間に加わってから、一ヶ月が過ぎた。

私とキール、アリス、ティルナさんは商品を開発する際に使っている部屋——商品開発室に集まっている。

「で、できた……！」

キールがとうとう一人で洗濯機を完成させて、喜びに打ち震えている。

続いてアリスも声を上げる。

「こっちもできたよ！」

アリスの手の中に握られているのは、風と水の魔石。

お店を開くにあたり、私は二人にあることを課していた。

キールの課題は、洗濯機本体の組み立てを一人でできるようになることと、そこに描く魔法陣を完成させること。

アリスの課題は、魔石に魔力を補充するための魔法陣を完成させること。

でも……正直たった一ヶ月ほどでクリアするだなんて、思っていなかった。

ネルやティルナさんの指導がうまかったのも当然あるだろうが、二人がすごく努力したっていうことだろう。

「それじゃあ、試運転してみよっか」

ティルナさんはそう言って、洗濯物を取りに出ていった。

彼女は彼女で、最近はシャンス兄妹への指導や事務書類のとりまとめだけでなく、洗剤《せんざい》やら柔軟剤《じゅうなんざい》やらの開発に勤《いそ》しんでいる。

回復魔法に加えて薬草学にも心得があったから、ネルがやってみたらって提案したんだよね。

それも一緒に販売できればいいな。

洗剤自体は完成しているんだけど、材料の植物を安定して調達できないのだ。

キールに余裕ができたら、草魔法を使ってどうにかできないか考えてもらおうかな。

ティルナさんが洗濯物と洗剤を持って、戻ってきた。

洗濯機に魔力を満たした魔石をセットして起動すると……うん、しっかりと動いたね。

キールとアリスはとても喜んでいる。

そんなタイミングで、扉が開く音がした。

「みんなー、ちょっといいかい？」

手元の資料に視線を落としたまま、レオン先輩が部屋に入ってきた。

私はむぅっとしながら言う。

「もぅ……レオン先輩、書類を見ながら歩いちゃダメって言ってるじゃないですか」

「あぁ、ごめんごめん」

レオン先輩には、ギルドとやりとりしてもらっている。

最近はいつも書類と睨めっこしていて、挙《あ》げ句《く》の果てには書類を見ながら歩いていたせいで扉に頭をぶつけたらしい。

その話を聞いた時に注意したんだけど……改めてくれていない。

レオン先輩は言う。

「それより、ショールームの件、商業ギルドに申請が通ったよ。場所もサキの希望通り、平民区のなるべく中心に近いところを押さえた」

一軒家を貸し切り、店で販売する予定の商品を展示する、ショールームのイベントを開くのが、今の私たちの目標だ。

その実現に一歩近づいたのである。

「ほんとですか!? やった！」

私は思わず飛び上がった。

「でも、本当に平民区でよかったのぉ？ ここに勤めてわかったけど、貴族家からの注目が結構集まっているみたいだけど」

ティルナさんの言葉は一理ある。パパや王妃様も、貴族家が関心を持っているって言ってたし、彼らは金払いがいいから収益を上げることを優先するならそちらの方がいいに決まってる。

でも……。

「平民区の暮らしを底上げしたいので、平民の方々が来店しやすい場所にしたかったんです。それに、アリスとキールは貴族相手だと緊張しちゃいそうですから」

アリスは一度、貴族に攫われている。以前より人見知りしなくなったけど、だからって大勢の貴族相手に接客させるのは酷《こく》な気がする。

「それもそうだねぇ」

ティルナさんも私の気持ちを汲《く》んでくれたらしく、笑って頷いた。

そんなティルナさんとのやり取りが終わったのを見計らって、レオン先輩は私に聞いてくる。

「それじゃあ、その手続きをしにもう一度ギルドに行きたいんだけど……代表者がサインをしなくちゃいけないらしいから、付いてきてもらってもいいかい？」

「はい、大丈夫です！」

すると、ティルナさんが手を挙げる。

「あ、私も行こうかな。資料をまとめるにあたって、いくつか質問したいこともあるし」

「わかりました。それじゃあ三人で行きましょう」

私はレオン先輩の言葉に頷いて、キールとアリスに言う。

「二人とも、お留守番《るすばん》よろしくね」

「おう！」

「行ってらっしゃい、お洗濯物はちゃんと干しておくね」

こうして私たちは三人で、ギルドへ向かった。

◆

「くそ！　どうなってるんだ！」

私――プローシュはそう口にしながら、地面を強く蹴《け》りつける。

あのティルナをクビにした一件の腹いせに、いつもこなしている魔物討伐依頼に来たが、なぜか調子が悪い！　疲れるのが早いし、装備も重く感じる。

魔石採掘場付近の小型魔物の討伐など、二つ下のランクのやつらがこなすような、大したことのない依頼だというのに！

それもこれも、あのティルナが全部悪いんだ！

私は、うさぎ型の魔物が放った水弾を剣で防ぎながら叫ぶ。

「何をしている！　早く前衛に回復魔法をかけろ！」

後ろにいる新しいヒーラーは、こちらを心配そうに眺めているだけで、何もしない。

あの愚図《ぐず》なティルナの方がまだ動けた！

そんな風に考えてイライラしていると、ヒーラーは逆ギレしてきやがった。

「無茶言うな！　回復魔法は近い距離でないと使用できないんだぞ！　それに、あんなに動き回られたら、そもそも回復魔法がかかるわけないだろう！　一旦引いてから回復させるのが常識なのに、そんなことも知らないのか⁉」

「……なんだと⁉」

頭に血が上るのがわかる。

このヒーラーは何を言ってるんだ？

あの愚図のティルナですら、後方から全員に回復魔法をかけられたんだぞ？

見苦しい言い訳をしやがって……！

もう一度怒鳴りつけようと口を開きかけた瞬間、以前からのパーティメンバーであるテッタルが情けない声を上げる。

「プローシュ様！　このままでは持ちません！　一旦退却しましょう！」

なんとなくだが、テッタルの動きも悪いように見える。

ティルナめ……呪《のろ》いでもかけたのか？

私は少し考え、渋々言う。

「クッ……撤退だ！」

テッタルが目眩《めくらま》しのための魔法を放つ。

くそ！　こんな格下が受けるような依頼で撤退を選ばねばならぬとは！

この役立たずのヒーラーも今日でクビだ！

紹介してきた治療師協会を恨みつつ、私たちは安全なところまで撤退した。

◆

「遠隔治癒《えんかくちゆ》……？」

ギルドに向かって歩いている時、ティルナさんが耳慣れない単語を口にしたので、私――サキは首を傾げた。

「名前から察するに、離れた人に回復魔法をかける技術ですかね？」

レオン先輩の質問に、ティルナさんは頷く。

「冒険者になるって決めてから、私も何か特別なことができないとぉ～って思って、実家で練習したんだよぉ。森を散歩しつつ、傷ついた動物を見つけたら追いかけながら回復魔法をかけるの。同時に三人までなら回復させられるよ」

それは……すごい修業だ。

私は深い怪我や難しい病気を治せるようになろうと勉強してきたけど、ティルナさんは冒険者として活躍するためにどんな状況でも回復できることを重視していたんだね。

また、同時に三人を回復できるのだとしたら、遠隔なだけでなく範囲拡張治癒でもある。

私は前世の知識から魔法のイメージを膨らませやすいわけだけど、ティルナさんはそうではない。

それなのにここまでの技術を持っているなんて……すごい。

今度、そういう回復魔法もあるってプレシアに教えてあげよう。

でも、ティルナさんが使える魔法はそれだけじゃないようで——

「それ以外にも、疲労軽減って魔法も作ったんだぁ。ほら、鎧や剣って重いでしょ～？　それがあんまり負担に感じなくなるんだよね。これも、離れたところにいる人にかけられるよ～」

ほんわかと言っているけど、それってすごいことなんじゃない？

回復は患《わずら》った箇所《かしょ》を元の状態に戻すという明確な目標があるから、まだイメージしやすい。

病気でも怪我でもない『疲労』を感覚的に捉えて、『疲れた状態にしにくくさせる術式』を構築するだなんて……考えただけで難度が高いことがわかる。

しかもそれを離れている人へかけ続けるとなると、さらに難しいはず。

かなりの魔力量があって、コンパクトな魔力操作ができないとこなせないものね。

この技術が正しく評価されるパーティにいれば、ティルナさんはもっとすごいランクになっていたんじゃないかなって思わずにはいられない。

プローシュさん、とんだ失敗だね。

でも、だとしたら――

「ねぇ、ティルナさん。また冒険者になりたいって思わないの？　たぶんだけど、ティルナさん、すごい回復魔術師さんだと思うよ。別のパーティに入ったら大活躍間違いなしだよ！」

「ん～……未練がないとは言わないけどぉ、サキちゃんたちと一緒にいるのが今はすごく楽しいから。もし私が一緒に冒険したいって思う人たちに巡り会えたら……ちょっと考えちゃうかもしれないけどぉ」

「そう……なんですね」

やっぱり冒険者、やめたくなかったのかな……。

そう考えてしまって思わず俯くと、ティルナさんは私の頬を両手でムニッと押し上げた。

「サキちゃんに雇ってもらったことは、後悔してないよぉ。感謝してる。だからそんな顔しちゃだめぇ。これは従業員から店長へのぱわはら？　だよぉ」

ティルナさんはニコニコしながら私にそう言った。

そんなふにゃんとした顔で言われると、こっちまで笑顔になっちゃう。

「えへへ……パワハラされちゃったぁ」

「しちゃったぁ」

「なんか嬉しそうだね、サキ」

そう口にするレオン先輩に、笑顔を向ける。

「店長思いの従業員ばかりですからね！」

「じゃあそんな店長思いの従業員をしっかり守るために、お店作りも頑張らないとだね」

「ええ！　ばっちり私が三人とも守ってあげますよ！」

「あれ、僕は？」

「先輩は私よりも強いでしょ！」

ティルナさんがそんな私たちの会話を聞いて、ふわっと笑う。

「三人って言われて自分じゃないと思うあたり、レオン君は自覚ありだねぇ」

そんな話をしているうちに、私たちはギルドの前まで来ていた。

近くの職員にミレニアさんを呼んできてほしいと頼む。

ミレニアさんが来るまでの間、私たちはギルド内にある休憩所兼食堂で待つことにした。

すると、冒険者側の受付から大きな声が聞こえてきた。

「それはどういうことだ！」

この声……最近聞いたような気がする。

「なんか嫌な予感がしますね」

私がそう言うと、レオン先輩とティルナさんも頷く。

「あぁ、僕も思った」

「私もぉ」

三人で大きなため息を同時についたタイミングで、ミレニアさんが走ってきた。

「あ！　ちょうどよかった！」

レオン先輩が半目をミレニアさんへ向ける。

「それ、絶対僕たちにとってはよくないですよね？」

「……そうね。申し訳ないんだけど、できれば一緒に来てもらえないかしら……？」

「わかりました。一応ティルナさんはここにいてください」

私がそう答えると、ミレニアさんはさらに申し訳なさそうな顔になる。

「いや、できればティルナさんにも来てほしいのよ……っていうのも、プローシュ様が、ティルナさんを出せと騒いでいて」

何それ？　今さらティルナさんになんの用だろう……。

どんな用件だったとしても、悪い予感しかしない。

「それなら尚更ティルナさんを連れていくわけにはいかないです」

「そうですよ」

レオン先輩と私はそう反論したんだけど、ティルナさんは首を横に振った。

「いえ、私も行きます。きっとこれは私の問題でもあるから……私がしっかりとけじめをつけるべきだと思うの」

……そっか。ティルナさんが決めたことなら文句は言えないね。

それこそ、ティルナさんが前に進むために必要なことかもしれないから。

ミレニアさんに連れられて、私たちはプローシュさんの声がする方へと向かう。

その最中にミレニアさんが、ウォーロンさんは別の街のギルドに出張していて、戻ってくるまではミレニアさんが冒険者側のことも任されているのだと零す。

自分の管轄ではない問題で、プローシュさんを無下《むげ》に扱うわけにもいかないって感じか。

プローシュさんは、冒険者ギルドの受付で窓口のお姉さんに怒鳴り散らしていた。

お姉さんは、今にも泣きそうだ。

「お待たせしました、プローシュ様。ティルナさんをお連れしました」

ミレニアさんが後ろから声をかけると、プローシュさんはやっと怒鳴るのを止める。

そして振り返ると鋭い視線をこちらに向け、ティルナさんを見てニヤリと笑みを浮かべた。

「やっと見つけたぞ！　お前にもう一度私のパーティに入るチャンスをやる。光栄に思え！」

この人は何を言っているんだろう。あんなひどいこと言っておいて、ティルナさんがその話を受けるわけないじゃない！

それに、何よその言い方！

さも自分の誘いは受けて然《しか》るべきだ、と言わんばかりの口ぶりが気に食わない！

聞いているだけで怒りが込み上げてくる。

私が思わず口を開こうとすると、レオン先輩が口の前で人差し指を立てて制してくる。

「プローシュ様、誠に申し訳ないのですが、私はすでにサキ様に雇ってもらっているんです。それに、かつてあなたが言ったように、私より優秀なヒーラーはごまんといます。ですからその話、お断りさせてもらいます」

ティルナさんは静かに、でもはっきりと答えた。

私はその毅然《きぜん》とした態度に心の中で拍手を送る。

プローシュさんはまさか断られるとは思っていなかったようで、顔に段々と怒りと焦りの色が滲《にじ》む。

「貴様！　この私がパーティに入れてやると言っているのに断るのか!?　それに、王都に来たばかりのお前をパーティに入れてやった恩を――」

再度怒鳴るプローシュさん。だけどティルナさんは彼の言葉を遮《さえぎ》って言う。

「私は！　サキちゃんに雇ってもらえて、サキちゃんの笑顔に救われたんです！　あなたは私に怒鳴るだけ……頑張っても役立たずだと罵《ののし》り、嘲笑《ちょうしょう》し、雑用を押し付けていただけ！　私は雑用係ではありません！　どうぞお引き取りください！　私はサキちゃんの元から離れるつもりはありません！」

そ、そんなこと言われるとちょっと照れちゃうなぁ……ってそんな呑気《のんき》に構えている場合じゃない。

プローシュさんの顔はどんどん赤くなっていき、今にも爆発しそうだ。

「な、なん……貴様！　いいから来い！」

「きゃっ！」

プローシュさんがティルナさんの腕を掴んだ。

力尽くで連れていこうとするのなら、流石にそれは見過ごせない。

私が動き出そうとしたその瞬間――レオン先輩がプローシュさんの腕を掴む。

「横暴にもほどがあるぞ、プローシュ」

「また貴様か、レオン。お前か？　ティルナをたぶらかしているのは。きっとお優しいサキ嬢にはティルナを引き止めるなんてことはできないだろうしなぁ。そうだ、お前が無理やり引き止めているからティルナは私の元に戻らないと言っているんだろう！」

おっと、よくわからない理論で私が美化されてしまった。

それを聞いたティルナさんが、『えっ!?　止めてくれないの!?』と言わんばかりにこちらを向いたので、私は慌てて首を横に振った。

私がティルナさんをそんなブラックパーティに引き渡すわけないじゃない！

疑ってきたティルナさんは、後でほっぺぷにぷにの刑だね。

「ティルナさんはもう僕らの従業員――冒険者で言うところのパーティメンバーのような存在だ。余所《よそ》のパーティメンバーを奪《うば》おうだなんて、ルール違反じゃないのかい？」

ミレニアさんが答える。

「ええ。規則では、他のパーティメンバーを当人の同意なく引き抜くこと、依頼へ同行させることは禁止とされているわ。それはパーティ間だけでなく、その他のコミュニティに対しても同様よ」

うん、流石にこれでプローシュさんも大人しく引き下がらざるを得ないよね。

なんて安心していたんだけど、プローシュさんから予想外の反応が返ってくる。

「……いいだろう。おいレオン、それならティルナをかけて私のパーティと戦え。こちらの方が優秀だとわかれば、ティルナの考えも変わるだろうからな」

な!?　なんでそうなるかなぁ！　そもそもティルナさんはプローシュさんが優秀じゃないから抜けたんじゃなくて、横暴だったから抜けたんだよ!?　話がズレてるよ！

「こちらには受ける理由も義理もない。ティルナさんが自分の意志で断っているのがわからないのか？」

そうそう！　その通りだよ、レオン先輩！

「なんだ？　自信がないのか？　サキ嬢はともかく、こんな腰抜けがいるところに雇われるとは……ティルナもとんだハズレくじを引いたものだ」

大ハズレくじに言われたくないんですけど！

さすがにレオン先輩もムッとして、私を見てくる。

さっきまでは戦う意味がないと思っていたけど、これはもうちゃんとわからせないとダメかも。

そんな思いを込めて、私は先輩にコクコクと頷く。

「わかった。受けて立とう。だが、僕たちが勝ったら二度とティルナさんに近づくな」

「いいだろう。ただし、サキ嬢は参加させるな。こんなことで怪我をされては私が困ってしまうからな」

え!?　やだやだ！　私もティルナさんを守りたい！

そう思っていたんだけど――

「いいだろう。こちらは別のメンバーに参加してもらう」

先輩が勝手に向こうの提案を呑んでしまった。

「勝負は一週間後だ。それまでにティルナに荷物をまとめさせておくんだな」

そう言ってプローシュさんは笑いながらギルドを出て行った。

もうこうなってしまえば、書類手続きをするどころではない。


私たちは研究所に戻ってきた。

作戦会議をするべく、商品開発室へ。

キールとアリスは事情を知らないので、紅茶を淹れたらすぐに魔石工学の勉強をしに別室へ戻ってしまった。

「もぉもぉもぉ！　なんで私をメンバーに入れないって条件を了解したんですか！」

私の言葉に、レオン先輩は苦笑いを浮かべる。

「ごめんごめん、つい売り言葉に買い言葉でね」

「あの場面で『いや、サキには参加してもらう』って言うのも、格好がつかないよねぇ」

ティルナさんも、紅茶を飲みながらのんびり言った。

「それで、レオン君は他のメンバーにあてはあるの？」

「そうですよ。今さらティルナさんを連れ戻しにきたってことは、ティルナさんの遠隔治癒のすごさにプローシュさんも気が付いたってことでしょうし。そうなるとティルナさんをメンバーに加えたら不公平だとか言われちゃいそうです」

ティルナさんと私がそう言うと、レオン先輩は顎に手を当てる。

「そうだねぇ……ティルナさん、プローシュのパーティメンバーは何人いるんですか？」

「プローシュ様を含めて三人。もし私の後継としてヒーラーが入っていたら四人かな」

「流石にヒーラーはいないでしょうね。そうでなきゃティルナさんを呼び戻しにこないでしょう。なのでこちらも三人で挑むとして……実力はどんなもんなんですか？」

レオン先輩の言葉に、ティルナさんは不安そうに答える。

「プローシュ様のパーティはランク6。中型魔物の討伐依頼を受けられる程度だねぇ」

パーティのランクによって受ける依頼の種類が変わってくる。

ランク1〜3が採取、および害獣討伐。

ランク4、5が小型魔物討伐。

ランク6、7が中型魔物討伐。

ランク8は大型魔物討伐。

ランク9、10は大型を含めた大規模な魔物の群れの討伐。

おおまかではあるが、こんなところだ。

しかし、これはあくまでも基準でしかない。

ギルドの判断によって自分のランクより高い依頼を受けることも、なくはないらしい。

それよりもパーティを相手にする時に大事なのは、相手の編成に対してしっかり対策することな気がする。

そう思って聞いてみると、ティルナさんが答えてくれた。

「スタンダードな編成だったよぉ。私以外には盾を持った前衛二人に、遊撃が一人って感じだった。崩されにくく、かつ長期戦もできるのがいいところかなぁ。あ、遊撃がプローシュ様ね」

「なるほど……先輩一人で崩せます？」

私が聞くと、レオン先輩は少し考えてから口を開く。

「そうだなぁ……前衛二人に対しては互角以上にやり合える自信はあるけど、プローシュに茶々を入れられながらっていうのがキツそうだね」

「先輩には長距離攻撃の手段がないですもんね……」

私の言葉に先輩は苦笑いする。

先輩の魔法は相手の魔法を消し飛ばす、というチートじみたもの。

だけど、遠距離攻撃の手段を持っていないという弱点があるのだ。

私が一緒に戦えれば……ってどうしても思ってしまう。

「やっぱり今から私も戦っちゃダメかって交渉《こうしょう》した方が……」

「いや、実はメンバーにはあてがあるんだ。だからサキには別のことを手伝ってほしい」

レオン先輩は不敵に笑った。

「それじゃあ、ティルナさんを守る特訓を始めようか！」

「「おー！」」

レオン先輩の掛け声に、キールとアリスが手を上げて返事をした。

私たちは今、訓練をするために実験場に来ている。

本当に大丈夫かな……これから訓練するとは思えないほど、ニコニコほわほわな雰囲気だけど。

レオン先輩が言っていたメンバーとは、キールとアリスのことだった。

二人に後方支援をさせるっていう考えらしい。

てっきり学園に通う誰かを呼ぶのだとばかり思っていたけど……でも、『お店の一員はパーティメンバーと一緒だ！』って言った以上、これがベストなのだろう。

だけど……本当に大丈夫？

それは、本人たちも感じているらしく、キールが言う。

「でもレオ兄《にい》、俺もアリスも、戦うための魔法なんてまだ知らないぜ？　アリスの魔法は威力がすげぇけど、動きながら連続で魔法を放つのは難しいだろ」

「キールとアリスには魔法で攻撃してくるプローシュへの牽制《けんせい》をしてほしいんだ。プローシュに攻撃を仕掛けて僕に攻撃をさせないようにするだけでいい。だから前に出なくても大丈夫だ」

魔法さえ飛んでこなければ、単純に一対二の勝負でレオン先輩が勝てばよくなるって話らしい。

前衛二人を片付けて、その後プローシュさんを倒す……ってそんなうまくいくのかなぁ。

まぁ先輩が接近戦で後れを取っている姿を想像する方が難しいか。

とはいえ、先輩に頼まれたある物を完成させて暇《ひま》を持て余している私は、まだ何か役に立てないかとソワソワしてしまう。

「でも私たちの方に魔法が飛んできたら、避けられるかな……」

アリスの不安そうな声を聞いて、私の頭の中の豆電球がピコーン！　と点《とも》る。

私はアリスの両手をガシッと掴む。

「大丈夫だよアリス！　二人のために私が新しい防御服作ってあげる！　二人に傷一つつけさせない、最強のやつ！」

「ほんとに⁉　それなら安心！」

「俺にも作ってくれるのか？　やったぜ！」

喜ぶアリスとキールを見てから、レオン先輩はパンッと手を叩いた。

「よーし、じゃあ二人は僕とティルナさんと一緒に特訓。サキは服を作る。そんな分担でいこうか」

「「「おー！」」」

三人のことは、私とレオン先輩で絶対に守ってみせるんだから！

私はそう心に誓《ちか》いつつ、ミシャちゃんに電話をかけた。

そして時は流れ、決戦の日が明日にまで迫った。

「で、できたー！」

「はい！　よく頑張りました、サキちゃん！」

私が服を掲げて喜ぶと、ミシャちゃんが拍手しながら褒めてくれた。

机の上に並んだ服を眺める。

ミシャちゃんの提案で、せっかくならこのお店の制服を作ろうってことになった。

王妃様にも気を付けるように言われたし、危険な目に遭うことも考慮して、魔法を施した制服を着た方がいいもんね！　それに戦いで着てもらうことで、宣伝にもなるし。

デザインと魔法は私が作って、ミシャちゃんに手伝ってもらいながら完成させた、自信作だ。

「みんな、喜んでくれるかな……」

私がそう呟くと、ミシャちゃんが微笑む。

「もちろんです！　サキちゃんが心と魔法を込めて作った服を喜ばないわけがありません！」

「そうかな……そうだといいな」

私は服を抱きしめた。

すると——パシャリ！

ミシャちゃんの方を見ると、カメラを構えていた。

「ふふふ……また可愛いサキちゃんが撮れました」

最近のミシャちゃんは、隙《すき》あらば私のことをカメラで撮ってくる。

どんな写真を撮っているのか前に見せてもらったことがあるけど、風景やデザイン関係のものより私の写真の方が断然多かった。

私は頬を膨らませる。

「も、もう！　ミシャちゃん！　それは私じゃなくて、服飾関係のものを撮るためにあげたのに！」

「いえいえサキちゃん。私、気が付いたんですけど、風景を見ているよりサキちゃんを見ている方が創作意欲が湧《わ》いてくるみたいです」

「えぇ……」

本人がそう言うならそれでもいいんだけどさぁ……正直恥ずかしいよ……。

私は結局何も言えず、制服を畳《たた》む。

そして、実験場にいるみんなのところへミシャちゃんと共に向かうのだった。


「みんな！　服が完成したよ！」

私の声にみんなが手を止めて集まってくる。

「ついにできたんだねぇ！」

嬉しそうに言うティルナさんに、私は制服を手渡す。

「はい！　なので、試着をしてみてください！」

キールとアリス、レオン先輩にも制服を渡す。

四人は実験場に併設された更衣室へ。

少しして、制服姿の四人が揃った。

「これはいいね。すごく動きやすいし、デザインも気に入ったよ」

「おう！　こんな着心地がいい服、初めてだぜ！」

「すごく可愛いねぇ」

「うん！　この服好き！」

レオン先輩とキール、ティルナさんとアリスはそれぞれそう言って褒めてくれた。

先輩とキールは腕や脚を伸ばして動きやすさを確認したり、ティルナさんは袖をひらひらしてみたり、アリスはくるくる回ったり。

みんな喜んでくれているみたいでよかった。

ほくほく顔な私の肩に、ミシャちゃんの手がそっと置かれる。

「サキちゃん？　なんでサキちゃんは着替えないんですか？」

「え？　いいよ私は……」

「何言ってるんですか！　せっかく全員揃ってるんですから、みんなで着た方がいいでしょう！」

そんなわけで、私もミシャちゃんに強引に更衣室まで連れていかれ、着替えさせられるのだった。

こうして、お店のメンバーが全員制服姿になった。

「みんなお揃い～」

「前のパーティじゃこんなのなかったから、なんだか嬉しいなぁ」

アリスとティルナさんはすごく嬉しそうにそう言ってくれた。

着替えた甲斐があったかも。

私はニヤニヤしながら言う。

「ふふ……それじゃあ、制服に付与した魔法を説明するからね」

私はそれぞれの制服に付与した魔法と、その使い方を教えた。

それからは、制服の機能を活かした戦闘方法をみんなで話し合う。

ミシャちゃんはそんな私たちに気を遣ってくれたのだろう。『この後予定があるので、先に失礼しますね！　ファイト！』というリスのイラスト付きの書き置きだけを残して、いつの間にかいなくなっていた。

今度ちゃんとお礼言わなきゃ……。

一時間かけて、作戦会議は終わった。

それからちょっとだけ制服の機能を試して、コンディションを整えるために、いつもよりも早めに解散になった。


翌日。

私たちは冒険者ギルドの闘技場に来ていた。

ここは、冒険者同士の腕試しや、新米冒険者の訓練なんかによく使われるそうだ。

ちゃんと観客席もあって……なぜかたくさんの人が見学しにきている。

「逃げずによく来たな、レオン」

プローシュさんが小馬鹿にするように笑う。

しかし、レオン先輩はそんな挑発を歯牙《しが》にもかけずに言う。

「逃げる？　なぜ？」

まるで『君相手に逃げ出す理由がわからない』とでも言いたげなその言葉に、少しだけ苛立《いらだ》ちを露《あら》わにしながらプローシュさんは続けた。

「まぁいい。それにしても大勢のギャラリーが集まってしまったなぁ。こんな大勢の前で公爵家のお前を倒してしまったら、家の名に傷をつけてしまうぞ。それに、なんだその服装は？　貴族がまるで商人のような格好をして。恥知らずにもほどがある」

一週間かけて作った制服……貴族の基準で見たら、恥知らずだなんて思われちゃうんだ。

私が落ち込んでいると、先輩は怒りを込めて言い返す。

「これは僕の大切な人が作ってくれた服でね。そんな安っぽいガチガチの鎧よりもよっぽど価値がある」

「言わせておけば！」

「双方、言い争いはそこまでにしろ」

ウォーロンさんがレオン先輩とプローシュさんの言い争いを止めた。

彼がこの戦いの審判を務めてくれることになっているのだ。

「それではそろそろ開始の時刻だ。戦いに参加する者以外は闘技場の外に出よ」

「三人とも、気をつけてね……」

私が心配しながらそう言うと、キール、アリス、レオン先輩は頼もしい返事をくれる。

「任せとけ！」

「う、うん！」

「あぁ、すぐに終わらせてくるよ。この後、ミレニアさんとショールームについての打ち合わせを予定してるからね」

そ、そんなに余裕があるとは……。

とにかく怪我がないようにと願って、私はティルナさんと観客席へ移動するのだった。

◆

サキたちが闘技場を出ていくのを見て、ウォーロンさんが声を上げた。

「これより、冒険者プローシュの申し出による訓練試合を開始する。なお、この試合は冒険者ティルナの所属パーティを決めるものだ。勝敗は相手を戦闘不能にする、もしくは降参させた場合に決する。双方、異論はないな？」

僕――レオンは頷く。

「大丈夫です」

「問題ない、さっさと始めろ」

プローシュの口の悪さを気にもとめず、ウォーロンさんは手を上げた。

「それでは、始め！」

開戦の合図を聞いた瞬間、僕は愛剣――ノーチェを引き抜く。

プローシュは後ろへ下がり、前衛となる冒険者二人が前に出てきた。

「二人とも、練習通り後ろへ下がって後方支援を頼む。アリスはまずスクロール一番で牽制。キールはアリスの魔法を補助しつつ、自分の魔法を発動する準備も行うんだ」

「はい！」

「おう！」

二人とも僕の指示通りに後ろへ下がる。

そしてアリスは、サキが作った魔法陣が描かれている巻き物――スクロールを取り出した。

それを見届けてから、僕は剣を構えて前衛二人に向かい突進。

まず左側にいる一人と剣を交えていると、すかさずもう一人の前衛がこちらに向かって剣を振り下ろしてくる。

僕はすぐに剣を引き、攻撃を避けて一度距離を取る。

……ふむ、なかなか連携が取れているようだな。

流石ランク6のパーティ。一筋縄《ひとすじなわ》ではいかないらしい。でもまぁ、それくらいでないと張り合いがないか。

サキがせっかく僕たちのために作った服の性能を見てもらう前に倒しても、もったいないし。

僕はそんなことを考えながらも、腰にかけた銀色の時計に触れる。

「【援護機能《アシスト》】起動。【影人形《シャドウドール》】」

僕の影から、同じ背格好の黒い分身体が浮かび上がってくる。

まさか僕が特殊魔法以外の魔法を使える日が来るとはね。

そんな感動を覚えながら、僕はサキの説明を思い出す。

これがサキが僕に合わせて作ってくれたオリジナル魔法、援護機能。

時計に触れると、一時間だけという制限はあるが、三種の魔法が使用可能となる。

その一つが自分の影から分身を作る、影人形。

相手の二人が何やら慌てているね。

プローシュから僕は特殊魔法以外使えないという情報を得ていたんだろうな。

分身体は魔法を使えない代わりに、身体能力は僕《オリジナル》とほぼ一緒。

これで数的不利はなくなった。

影人形と僕でしばらく二人を相手にしていると、耳につけているミミフォンからキールの声が聞こえてきた。

『レオ兄、準備できたぜ！』

ミミフォンもサキが作ってくれた魔道具。これを耳につけて名前を呼ぶと、その人がこれと同じものをつけていれば離れていても話ができるという優れモノだ。

「了解、僕の合図であれを発動してくれ。それじゃあ、三、二、一……今！」

合図と同時に僕と影人形が飛び上がる。

そして、大きな音と共に地面が大きく揺れた。

◆

戦いが始まった瞬間、俺――キールはアリスと一緒に急いで後退した。

「アリス！　俺は魔法を発動する準備を始めるけど、無理はするなよ」

俺が言うと、アリスはスクロールを取り出す。

「うん！　【イジェクト】！　スクロール一番！」

イジェクトはサキ姉が制服に付与した魔法の一つだ。

これによって、制服内に格納されている道具を取り出せる。

取り出したのは、これまたサキ姉が発明したスクロールの一番。

アリスはスクロールに描かれた魔法陣に両手を置いて魔力を込める。

「スクロール起動！　【氷の矢《アイスアロー》】――発射！」

アリスは相手の貴族がレオ兄に向かって飛ばした炎弾に向かって、氷の矢を放つ。

炎弾は全て相殺《そうさい》される。

ちなみにこの氷の矢は、アリスの視線によって弾道を調整することができるらしい。

視線誘導の魔法を魔法陣に落とし込むのは相当難しいはず。

やっぱりサキ姉はすげぇ！

「小賢《こざか》しい！」

向こうで貴族が声を上げた。それと同時に、今度は炎弾がこちらに放たれる。

自分に負い目を感じていたかつてのアリスなら、怯《ひる》んで動けなくなってしまっただろう。だが、
アリスは貴族をじっと見つめて叫ぶ。

「こんな私でも、ティルナお姉ちゃんのことを守りたいの！」

そして、もう一度氷の矢で炎弾を相殺した。

俺は思わず感心する。

元々精神や技術が不安定なアリスを俺が補助しつつ戦う予定だったんだけど、手助けは必要ないみたいだ。

それなら自分の仕事をきっちりこなさねーとな。

俺はポケットからペンを取り出して、地面に円を描いた。そこからさらに線を描き加えていく。

サキ姉が俺のために考えてくれた魔法陣を思い出しながら。

スクロールは小規模な魔法しか発動させられないから、これは俺がやるしかない。

『いいキール？　この魔法陣は直接地面に描き込まないと発動しない。だからキール本人が描かなくちゃいけないの。その時は出力も考えながら――って難しそうに聞こえると思うけど大丈夫だよ。キールでもできるように、魔法陣も簡略化したし』

なんてサキ姉は言っていたけど……簡単に言ってくれるよなぁ。

簡略化してあっても、覚えるまでには結構時間がかかった。

サキ姉はただ落書きするように、本当に楽しそうに魔法陣を描く。

でも、作り出す魔法陣は緻密《ちみつ》で正確なんだ。

これだって魔石工学を修《おさ》めている人が見たら、絶対に高度な術式だって言うに違いない。

あの天才はきっと俺の気持ちはわかってくれないんだろうなぁ……。

「鬱陶《うっとう》しい！　卑《いや》しい平民の小娘の分際《ぶんざい》で！」

貴族がそう苛ついた声で言うのが聞こえてきた。

卑しい……？　えっとどういう意味だったか……。

ティル姉に勉強を習う中で教えてもらったはずだ。

『卑しい……あんまり好きな言葉じゃないけど……下品な、とか、食べ物にガツガツしてる、って意味かなぁ。失礼な言葉だよねぇ』

そうだ、思い出した。

だがそれと同時に怒りが湧く。

下品？　アリスが？　一生懸命《いっしょうけんめい》にティル姉を守ろうと頑張ってるアリスが？

どんなに辛い生活を強いられても、必死に耐えて笑ってた天使のようなアリスを汚い言葉で汚しやがって！

「あのくそ貴族が！」

俺は怒りを込めて、完成した魔法陣に線を一本付け足してからそこに手を置く。

「【増幅《ブースト》】！」

増幅は俺の制服に付与された機能。これによって俺の魔力量は底上げされる。

魔法陣に魔力が行き渡り、輝いたのを見て、俺はミミフォンでレオ兄を呼び出す。

「レオ兄、準備できたぜ！」

『了解、僕の合図で発動してくれ。それじゃあ、三、二、一……今！』

「起動！　【震撼《しんかん》】！」

魔法はうまく発動したようだ。地面が大きく揺れ始める。

俺はアリスを守るように、腕の中に抱く。

そしてレオ兄を見ながら心の中で激励《げきれい》する。

レオ兄……そいつに目に物見せてやってくれ！

◆

キールの発動した震撼によって大きく地面が揺《ゆ》れ、相手は全員バランスを崩し、膝をついた。

魔法発動のタイミングを知っていた僕――レオンは、少し高くジャンプしていたからその影響を受けていない。

着地と同時に、前へ踏み出す。

当初、僕が前衛二人から順番に倒していく作戦を立てていた。

しかしサキのスクロールが想像以上に有用で、アリスとキールの戦闘センスが予想より高かったから、直前の打ち合わせで最初にプローシュを倒そうということになったのだ。

前衛二人は盾があるし、防具だってつけているから、倒すのに時間がかかりそうだしね。

防御力の低いプローシュをまず倒して、その後に三人で二人を叩くのが一番早いだろうということだ。

しかし、プローシュに向かおうとする僕の歩みを二枚の盾が阻む。

前衛二人は、体勢を崩しながらもどうにか盾を地面に突き立てたのだ。

なるほど、どんな状況でもプローシュだけは守れという指示が出ているってことか。

それならこの服の魔法を、もう一つ使わせてもらおうかな。

この魔法……羨ましいって思ってたんだ。

「【飛翔《ひしょう》】」

僕の背中に大きな翼が現れ、体が軽くなるのを感じる。

背中に翼が生えるって、こういう感覚なんだな。

そんなことを考えながら、僕は上に大きく飛び上がる。

盾を飛び越えて、まっすぐにプローシュの元へ向かう。

「何ぃ⁉」

驚愕《きょうがく》するプローシュに、僕はにやりとしながら言い放つ。

「いろいろ対策していたみたいだけど、これは想像できなかっただろう?」

「私を舐《な》めるなぁ――んごっ！」

プローシュのセリフは中断された。

後頭部に拳大の石がヒットしたからだ。

「ざまぁみやがれ！」

そう叫んでいるのはキール。

本番で初めて見る魔法とは……やるね！

「この……くそガキがぁ！」

後頭部を押さえながら叫ぶプローシュに対して、僕はノーチェを構える。

「さぁ、終わらせよう。ネル流剣術スキル……【刺々牙《ささが》き・空《くう》】」

僕の剣をモロにくらったプローシュは、そのまま倒れた。

サキが魔法で剣の威力を押さえてくれたので、それなりのダメージで済んでいるだろう。

それにしても抜剣術は人前じゃ使えないからと、サキが僕に教えてくれた『ネル流』という流派は、本当に面白い。

体術と剣術を織り交ぜることでどんな相手にも対応できるようになっていて、相手をじわじわと追い詰められる。

その上、力のない人でも扱える技ばかりなのだ。

……っと、気を抜くのはまだ早いな。

前衛の冒険者二人を片付けるとしよう。

そう思って彼らの方を振り向くと、二人は武器を置いて両手を上げていた。

「降参だ。そんなやつのために余計な傷を負いたくない」

「右に同じく」

あまりにもあっさりと降参する冒険者に毒気を抜かれて、僕も武器を下ろす。

「いいのかい？　後でこいつに何か言われないかい？」

僕が聞くと、二人はそんなことかと言わんばかりに笑った。

「ティルナが辞めさせられたことを受けて、近々俺たちも後に続こうと思っていたんだ。報酬に釣《つ》られてパーティに入ってみたが、最近の横暴は見るに堪《た》えなかったしな」

「ストレスが溜まってしょうがなかったさ。ま、しばらくのんびりできるくらいの金は稼げたから、ここらが引き際だろう」

「……ちゃっかりしてるね」

そう言って、僕は剣を鞘に納めた。

「プローシュパーティの降参により勝負は決した！　勝者、レオンパーティ！」

ウォーロンさんが叫ぶと、その声よりもさらに大きな声が観客席から上がる。

それを聞きながら、僕のところに走ってきたキールとアリスとハイタッチをした。

「やったね、レオンお兄ちゃん！」

そう言うアリスに、僕は笑顔を返す。

「あぁ、二人ともいい動きだったよ。キールもナイスコントロール」

僕がそう言いながら拳を突き出すと、キールはグータッチで応える。

そして、へへっと照れ臭そうに笑った。

「あいつがアリスのことバカにしやがったからな。サキ姉には怒られそうだけど、石を生み出すためにちょっと魔法陣を弄《いじ》らせてもらったんだ」

もうそんなことまでできるようになったのか。

あの魔法もいずれは道具なしで発動できるようになるんじゃないかな。

キールは、魔術師に向いているのかもしれない……っと、そんなことより……。

僕はポケットから、サキに頼んでおいた声を大きくするための魔道具を取り出した。

◆

周りがわぁっと歓声を送る中、私——サキとティルナさんだけははぁ……っと安心のため息を吐いた。

「みんなに怪我がなさそうでよかったねぇ」

そんなティルナさんの言葉に、私は頷く。

「はい。でも、キールに教えた魔法陣に石を飛ばす効果なんてなかったと思うんだけど……」

むむむと唸る私を見て、ティルナさんは苦笑いした。

「自分でアレンジしたんじゃないかなぁ。キールくん、アリスちゃんのこと悪く言う人がいたら、見境なくなりそうだし……」

確かに……まったくもう、改造して魔法が発動しなかったらどうするの。

でも実際うまくいったところを見ると、私が思っているよりも、キールもアリスも才能があるのかもしれない。

そして、スクロールや魔法陣が実戦でも通用すると知れたのも大きかった。

そんなことを考えていると、レオン先輩の声が聞こえてきた。

『あ、あー。皆さん聞こえますか』

レオン先輩は以前私が作った音声拡張の魔法を施した道具を手に持っている。

『今の戦いでこの二人が使った道具は、僕たちがこれから売ろうと思っている道具の技術を応用したものです。もっとも、これ自体は売りませんが。そして来月、僕たちの扱う商品を紹介するイベントがあります！』

な、何勝手に宣伝してるのぉ!?

周囲の人たちの「レオン様が開発された道具だったのか！」とか「あんな小さな子でも戦えるなんてすごい技術なのね！」なんていう声が聞こえてくる。

『これらの道具は全て、あのアクアブルムの英雄サキが作ったものです。きっと皆様の生活が豊かになること間違いありません！』

何私の名前も出してるんですかぁ！

周りは再びわぁっ！　っと盛り上がる。

え？　なんで？　私の名前が出て盛り上がる理由がわからないんだけど。

「サキちゃんは人気者だねぇ」

ティルナさんの言葉に、私は首を傾げる。

「なんでですかね……まったく思い当たる節がないんですけど……」

「知らないのぉ？　なんか、サキちゃんファンクラブ？　っていうのが学園で作られてて、それが街の人たちも巻き込んで、どんどん大きくなってるんだってぇ」

「え⁉」

ファ、ファンクラブ⁉　そんなの聞いてない！

『詳しい内容が気になる方は商業ギルドにてお願いします！』

なんでこんなにたくさんの人たちがいるのかなーって思っていたんだけど、ここにいる観客のほとんどがファンクラブの人たちだったってこと……？

その人たちに私が作ったものをお店で売りますって宣伝をすれば、話題になってファンクラブ以外の人も注目するし、理には適《かな》っている気がする……けど、いろいろと納得いかないよ！

「ティルナさん、ちなみになんですけどそのファンクラブの話は誰から聞きました？」

「え？　ミシャちゃんだよぉ」

だと思った……。

私ははぁ……とため息を吐くのだった。

5　ショールームのイベント

プローシュさんとの決闘を終えて数日が経った。

いよいよショールームのイベントを翌日に控え、私たちは会場にする予定の空き家を訪れていた。

この空き家は平民区の真ん中に位置しており、住んでいた人がつい最近引っ越しをしたばかりだったために偶然空いていたとのこと。

内装は広めの１ＬＤＫ。キッチンとダイニングが分かれている時点で結構いい家だとわかる。本当にラッキーだったんだなぁ。

とはいえ、展示会以外の日でこの部屋を抑えられたのは二日間。

学園がある私とレオン先輩は少ししか作業に参加できないから、準備は間に合わないかもなーって思っていたんだけど、プローシュさんのパーティにいた冒険者さん二人が手伝ってくれた。

迷惑をかけてしまったお詫《わ》びをしろとウォーロンさんに言われて手伝いにきてくれたらしい。

そのお陰もあって、ついさっきようやく全ての準備が終わった。

もう日が傾き始めているから、結構ギリギリだったけど、一安心だ。

私は冒険者さん二人に話しかける。

「お二人ともありがとうございました。えっと……」

「あぁ、俺はテッタル」

「俺はロイヤーだ」

「私はサキ・アルベルト・アメミヤと言います」

テッタルさんとロイヤーさんが自己紹介するので私も名乗ると、二人は笑う。

「君のことは知ってるとも。あのアクアブルムの英雄を知らない方が珍しいからね」

「でも、その英雄がまさかこんなに可愛らしいお方だとは思ってなかったよ」

「もう……私、英雄って呼ばれたくないんですよ」

私がそう頬を膨らませると、テッタルさんとロイヤーさんはまた笑う。

「慎《つつ》ましやかな英雄様だな」

「まったくだ」

すると、家の外の拭き掃除をしてくれていたティルナさんたちがリビングに戻ってきた。

「二人とも今日はありがとぉ」

「お、おう！　ティルナ、これくらい全然大丈夫だぞ！」

「また何かあればいつでも言えよ！　しばらく暇だからな」

んー？　テッタルさんとロイヤーさんのこの反応、私の時とずいぶん違う気がするんだけどぉ？

そういえばレオン先輩に聞いた話によると、二人ともティルナさんがパーティから抜けたから自分たちも抜けようとしてたらしいね？

あとティルナさんから、プローシュさんにバレて怒られないよう、さりげなく雑用を手伝ってくれていたって話もこの間聞いた。

もしかして……。

私はテッタルさんの背中を軽く叩いて、囁《ささや》き声で聞く。

「今はどっちがティルナさんといい感じなの？」

テッタルさんは顔を赤くして慌てる。

「な、何を言ってんだ⁉　俺は別にそんなんじゃないぞ！」

「えー本当ですかー？」

私がニマニマしながら尋ねると、テッタルさんは目を逸《そ》らした。

ま、それはまた今度聞くことにして……。

私はひとまずみんなを集めた。

「みんな、準備も終わって後は明日頑張るだけだね」

すると、アリス、キール、レオン先輩、ティルナさんがそれぞれ反応する。

「うん！」

「おう！」

「まずは最初の山場だね」

「ちゃんとできるか心配だよぉ」

私は拳を握る。

「大丈夫！　みんなとっても頑張ってくれたし、練習ではお客さんの案内はばっちりだったよ！

そんなわけで、明日のショールームのイベント、成功させよう！」

「「「おー！」」」

私たち五人はそう拳を突き上げるのだった。

テッタルさんとロイヤーさんはそんな私たちを微笑ましそうに見ていた。


そうして、いよいよショールームのイベント当日。

みんなで部屋に集まって、最後の打ち合わせをする。

今日は平民区の方にのみ来ていただくことになっている。

それぞれの役割は、以下の通りだ。

キールはキッチン周りの道具、アリスは洗濯機、レオン先輩は馬車の紹介・説明。そして私はショールーム内を見回りながらピンチな場所があったらフォローする、ティルナさんは購入を検討するお客様に料金の説明をする、という分担である。

正直、この中で一番大変なのはティルナさんだと思う。

水や電気を魔法を使って賄《まかな》うことが普通なので、前の世界でいうところの水道代や光熱費みたいな毎月料金を支払って資源を買うというシステムにあまり馴染《なじ》みがない。

だから、エネルギーに関する価値が理解してもらえず、高い！　って思われたら魔道具を購入してもらえないのではないかという懸念《けねん》がある。

そのため、結構ティルナさんの説明は責任重大。

でも、本人は『なんとかなるよぉ』と胸を叩いていた。頼もしい……。

そんなこんなで話し合いはつつがなく終わり、私は最後に言う。

「じゃあみんな、練習通りにお願いね。玄関に出よっか。ショールーム、オープンだよ！」

最初のお客様を迎えるために扉を開けると……未だかつて見たことないくらい長い人の列ができていた。

その光景に私たち五人は一瞬固まり、私はそっと扉を閉じた。

「何今の!?」

私が目を剥《む》きながら言うと、ティルナさんも不安そうだ。

「あれ……今日一日で捌《さば》き切れるのぉ？」

「な、なんであんなに人が……もしかして私たちが貴族と戦ったことで、このお店が有名になっちゃった……？」

涙目になりながら言うアリスの頭を撫でつつ、キールも戸惑ったように笑う。

「そ、そりゃ頑張ったから評価されるのはありがてぇけど、これはちょっとな……」

確かにいい戦いだったし、レオン先輩の最後の言葉のおかげで宣伝効果も十分あったとは思う。

でも、それだけでこんなことには……。

そう思いながらみんなの顔を見回す。

すると、レオン先輩だけが気まずそうにふいっと目を逸らした。

「また先輩ですかぁ！」

私がびしっと指を差しながら言うと、レオン先輩は両手を挙げて降伏を示しながら説明してくれる。

「い、いやぁ……宣伝効果をもっと大きくしようと思って他の人にもいろいろ頼んでたんだけど、まさかここまでになってしまうとはね……」

私は頬を膨らませて文句を言う。

「もう！　そういうことをするのは、私たちに相談してからでしょ！」

「ごめんごめん、軽い頼みごとくらいの認識だったんだ。軽率《けいそつ》だった。僕ももっと考えるべきだったね」

「……ちなみに誰に頼んだんですか」

私が聞くと、レオン先輩は少し言い淀《よど》みつつも白状する。

「えっと……ヤスミナ」

あの人かぁ～！　確かに顔が広そうだ。

ヤスミナさんは学園内のクラス単位で戦う対抗戦なんかで実況や解説をしている、レオン先輩と同じクラスの人。放送広報委員なんかもやっているらしいし、宣伝を頼む相手としてはベストな選択だろう。

でも、今回の場合は宣伝効果が過剰《かじょう》すぎるよ！

「と、とにかく！　来てくださった人たちを帰すわけにはいきませんし、なんとかするしかないですね！　ネル！」

私はいつも腕輪《うでわ》に変身させたネルを身に着けている。彼女は呼びかけるとすぐに、言葉を介さず意思疎通《いしそつう》する魔法【思念伝達《しねんでんたつ》】を用いて返事をしてくれる。

『はい』

「人型になって手伝って！　お店の外にもいくつか道具を出すからそっちの説明をお願い！　私は当初の予定通りみんなのフォローをするわ！　二重付与《ダブルエンチャント》・【分身体《アバター》】作成！」

私は四体の分身体を作り出し、うち二体の背中に手を当てる。

「第六《セクル》ダクネ・【精神分配《ソウルスティル》】！」

これは私の精神を分身体に宿らせる闇属性《ダクネ》の魔法。

リベリオンの幹部で、敵味方関係なく人形のように人を操るロンズデールの、【憑依《ひょうい》の魔法】を参考に作り出したのだ。

私の精神を分配する分、精神的に疲れやすくなってしまうが、精神を付与した対象は命令がなくても自発的に動くようになる。

私が先輩にあげた影人形も自分で動くことができるけど、あれは厳密には『使用者の動きを模倣《もほう》し、応用して迎撃しろ』という指示のもと動いているだけだから、自律はしていないんだよね。

ついでに魔法を使えるよう、余分に魔力を分配しておく。

私がもう二体にも魔法をかけ終えると、四人の分身体はこちらを向いた。

「みんな、各ブースに一人ずつ行ってみんなを手伝ってあげて！　分配した分の魔力は使ってもいいけど、使いすぎると消えちゃうから注意だよ！」

「「「はい！」」」

私が私に指示する様子を見ながら、レオン先輩は「な、なんかすごい光景だな……」なんて呟いている。

『誰のせいでー！』って言いながらほっぺをぐにぐにしたいところだけど、今はそんなことをしている場合じゃない。

私はみんなにも言う。

「それじゃあすぐに持ち場について！　お客さんが入ってきたら、人混みで身動きが取れなくなっちゃうから！」

みんなが私の分身体を連れて、配置についたのを見て、私は再び扉を開ける。

「皆様！　お待たせしました！　これより第一回ショールームイベントを始めます！　たくさんの人に来ていただけて嬉しい限りです。屋内のみでの展示を予定しておりましたが、想定よりも多くなりましたので、外でも展示と説明を行います！　それでは順に案内していきます！　どうぞ！」

最初の二十人くらいが入ってきたタイミングで、一旦ストップをかける。

それでもまだ家の前には大勢のお客さん。

これは大変な一日になりそうだ……。

私はそう思いながらも家の中へ入る。

早速各ブースで私の発明品であり、魔石工学を使って前世の家電を再現した商品――魔石家電の説明が始まった。

「こちら、魔力レンジと言いまして――」

「あ、今洗濯が始まったところですね。後はこのまま四十分ほどお待ちいただければ――」

「料金ですか？　それではこちらの方でご説明を――」

私の分身体とみんなの声が各所から聞こえてくる。

このように、お客様に説明をしては別のブースへと移動してもらってを繰り返すのだが、適当に移動されると混雑してしまう。

というわけで、あらかじめいくつかのルートを用意した上で、そのルートに沿って進んでもらう形を取った。

それでも開始当初は人が多すぎてもはや家電を紹介できる状態ではなくって大変だったものの、どうにか人がしっかり流れるように調整できた。

人流の整理のために分身体をもう二体増やすことになったけど……。

ともあれ、開場から少し時間が経った今、展示会は順調だ。

余裕ができたので、周囲を見回しながら、慌ただしかった時間帯のことを振り返る。

私も頑張ったけど、実は影の立役者はネルなんじゃないかって思っている。

彼女が外で実演販売をして人を引き付けてくれていたおかげで、ショールームに入る人のコントロールがしやすかったのだ。

ていうか、ネルの実演販売、うますぎるでしょ……そのトーク力はどこで身につけてきたのって感心しちゃったよ。

勿論ネルだけじゃなくてみんなも頑張っていた。

レオン先輩やティルナさんは話すことに慣れているのか困っている様子はあまりなかったし、意外なことにキールもしっかりしていた。

アリスは緊張していたみたいだけど、多少ドジってもお客さんたちは「頑張れー」とか「ゆっくりでいいよ」とか声をかけてくれている。娘とか孫とかを見ているような気持ちなんだろう。ちょっぴりわかる。

そして一番大事なのは商品に関するリアクションだけど、こちらもバッチリだ。

お客様はみんな、商品に驚きと期待の目を向けている。

……ただ、魔力レンジとか洗濯機とかは「売り始めたら買いたい」って言っていた人が何人かいたのに、私がとある改良を施した馬車は、あんまりみたい。

「よし、もうひと頑張り！」

私は頬を叩き、接客へと戻る。


あっという間にショールームのイベントの初日は終わりを迎えた。

「うぅ……っ、疲れたぁ……」

私は椅子に体を投げ出しながら呻《うめ》いた。

私たちは一通りショールームを片付けて明日用に装飾を変え、研究所へと引き上げてきたのだ。

今は私、レオン先輩、キール、アリスでテーブルを囲んでいる。

「みんな、お疲れ様ぁ」

私たちのところに、ティルナさんが飲み物を持ってきてくれた。

私とレオン先輩の前には紅茶、キールとアリスの前にはオラジのジュースが置かれる。

そして最後に、紅茶を持ったティルナさんが席に着く。

とりあえずみんなで飲み物を一口飲んで一息ついた。

「それにしても商人はすごいよ……こんなことを毎日やってるんだから」

そう口にするレオン先輩は、珍しく少し疲れているように見える。

「大体、レオン先輩が招いた事態じゃないですかぁ……」

私がそう指摘すると、レオン先輩は後頭部を掻く。

「悪かったよ。でもこれだけの人が見てくれたんだ。意味はあったんじゃないかい？」

「それはそうですけどぉ」

むくれる私の頬をつつきながら、ティルナさんが言う。

「でも初日にこれを乗り切ったら明日はのんびりできそうだねぇ」

「明日は明日で、別の意味で緊張しますけどね……」

私はため息を吐いた。

そう、明日は貴族区の住民、来週は農畜区と商業区の住民を呼ぶことになっている。

貴族は金に糸目をつけないだろうから、今日のお客様より熱量が高いはず。

ただ、レオン先輩の提案で、貴族家に関しては予め《あらかじ》予約を入れてもらう制度にしていたから、今日みたく動員数が読めないことがないのは安心だ。

だけどプローシュさんのこともあったから、そういう高慢《こうまん》な方が来ないかは大きな心配の種。

とはいえ、私はいろんな貴族家から注目されているわけだし、公爵家の養子だ。そこまで強く言ってくる人はいないはず。

レオン先輩だって公爵家の人間だから、そうそう強気に出られはしないと信じたいけど……ダメだ、疲れているせいで悪い方に考えちゃう！　これについて考えるのはやめやめ！

それから今日の振り返りをざっとして、私たちは解散した。


翌日。

昨日とは違い、今日は余裕を持って開場できそうだ。

貴族区の方々には、馬車やレンジを中心に売れたらなと思っている。

魔力レンジは昨日も好評だったからって理由だけど、馬車は貴族向けの商品だからね。

私が貴族として生活する中で気付いたのは、想像よりも馬車は乗り心地が悪いということ。

馬を休ませなければいけないし、馬車に乗っている間は揺れのせいで書類なんかもほとんど書けないし、飲み物を飲むことだって難しい。

特にパパみたいに揺れが苦手な人にとって、それは中々の苦痛だと思う。

長時間の移動も珍しくない中で、馬車の乗り心地を改善することで多くの人が幸せになれるんじゃないかな。

そう思って作ったのが、宙に浮く馬車だ。

レオン先輩の特殊魔法を参考にして作ったもので、馬の動きに合わせて馬車が移動するので馬への負担だって小さくできる。

なんなら万一馬が動けなくなっても人が牽《ひ》けるし、車体をどこかにぶつけない限りは絶対に揺れない。

揺れさえなければ書類仕事だってできる——ということで、馬車は目的に合わせて三種類用意している。

中に小さめのテーブルがついている通常タイプの小さいのと大きいの、そして特別な魔法を施したプレミアモデル……これは私の自信作だ。貴族の方々の反応が楽しみだ。

そして貴族家最初のお客様——男爵家が三家族やってくる。

私たちは全員揃ってお辞儀をした。

そしてこれまた揃って頭を上げて、笑顔を作る。

「ようこそいらっしゃいました、男爵様とご家族の皆様。本日は展示会へご来場いただき、深く感謝いたします」

私の挨拶に対して、男爵家の方々は感心したような表情を浮かべて挨拶を返してくれる。

貴族家への応対は予習済み。

平民の方々は格式ばったことが嫌いだけど、貴族の方々はかなり礼式を重んじるから、こういうことはしっかりやらないとね。

そんな風に思いながら、私は男爵家の方々を観察する。

どの家族も男性二人に女性が一人という構成だ。

男爵と奥様と……ご長男かな？

「では、皆様こちらからどうぞ」

そう口にしながらキールにアイコンタクトを送ると、キッチン周りへと案内してくれる。

キッチン周りではティルナさんとアリスが、サポート要員として待機している。

お客様の後ろ姿を見送っていると、レオン先輩が後ろから話しかけてきた。

「サキ、気を付けるんだよ」

「……？　何にですか？」

私が聞くとレオン先輩は困ったように笑う。

「わかっていないなら、逆に大丈夫か……いや、なんでもないよ。行こうか」

私は首を傾げつつも、キールがうまく説明できるかレオン先輩と一緒に見にいく。

「こちらは魔力レンジと言います。この中に食べ物や飲み物を入れると短時間で温めることができるのです」

そう言ってキールはマグカップにミルクを入れて温めてみせるが、男爵たちは不満そうな顔をする。

「……それだけかね？」

確かに簡単な火魔法でミルクを温めるくらいのことはできてしまうので、あまり目新しさは感じてもらえないかもね。

それに加熱自体も使用人が行うので、実感もないだろう。

私はキールの横にすすすと移動し、口を開く。

「それだけではありません！　なんとこちら、パンを温めるのに最適な道具なんです」

私は棚から袋を取り、そこからロールパンを出す。

こういうこともあろうかと用意しておいて正解だった。

「こちらは、昨日私が焼いたパンです。皆様、お一つどうぞ」

ロールパンを一口サイズに切って、ティルナさんとアリスに配ってもらった。

そのパンを食べた奥様たちは表情を明るくして言う。

「柔《やわ》らかい！」

「とても美味しいですわ」

「サキ様はお料理もお上手《じょうず》なのね」

この世界のパンは前の世界に比べてふかふか感が足りない。

そのためネルの知識を借りて、前の世界のお店のパンを再現したのだ。

だから、このパンはこのままでも十分美味しい。

私は腰を折る。

「お褒めに与《あずか》り光栄です。では、このパンをもっと美味しくする方法をお教えいたしましょう。パンをこちらのレンジで一度温めるんです」

私が目くばせすると、キールがパンを温めてもう一度皆さんに配ってくれる。

「どうぞ、お召し上がりください。違いがわかるはずです」

私の言う通り、男爵家の皆さんはもう一度パンにかぶり付き……表情を変えた。

「なんだこの食感は！」

「しっとりとしていて、かつ柔らかい……」

「こんなもの食べたことがないぞ」

そう口にしたのは、男爵たちだった。

私は少し微笑みながら説明する。

「このレンジで温めることで、パンが柔らかくなるのです。パンはそのまま火にかけると焦《こ》げてしまいます。でも、このレンジを使えば焦がさずに温められる。持ち運びもできますので、いつでもどこでも温かくて柔らかなパンを食べられます。もちろんそれ以外の食べ物だって、美味しく加熱できますよ。では次の商品の説明に向かいましょう」

私の説明に男爵の方々が興味深げに頷いた。

掴みは十分。

この後は洗濯機だけど、それこそ洗濯は使用人が行うためあまり刺さるまい。

さらっと終わらせて次へ行くことにした。

私たちは庭へと足を向ける。

庭には馬車を三台並べてあるのだ。

私たちに気付いたレオン先輩が、お辞儀する。

「皆様、こちらは販売予定の馬車。全部で三種類ございます。左から順に説明していきましょう」

こうしてまず、一番左側に停められた馬車——通常タイプの小さな馬車に交代交代で乗ってもらうことに。

庭の地面には、予め土魔法でしっかり起伏をつけておいた。

レオン先輩が御者台に乗り込み、馬を走らせる。

すると、男爵家の方々は口々に驚きの声を上げる。

「これはすごい！　揺れがないぞ！」

「これならこの子も酔《よ》わずに済むわね」

「こんな荒い地面で……すごいな」

貴族は普段からよく馬車に乗ることもあって、好印象のようだ。

庭を軽く一周したところで、馬車は止まった。

それを一家族ずつ行い、通常モデルの説明は終わり。

さて、お次はいよいよプレミアモデルの紹介だ。

プレミアモデルの馬車の周りに集まる男爵家の方々を見ると、途端に不安になってくる。

だ、大丈夫だよね。レオン先輩はさっきの馬車を問題なく説明できていたし……でもあの複雑な機能とか、伝え忘れた情報があったらちょっともったいないっていうか、せっかく作ったのになんかショックっていうか……。

「これは先ほどの馬車とどう違うのかね？」

そう口にした男爵の一人に対して、レオン先輩はニヤッとする。

「これは僕よりも、開発者本人から説明を聞いた方が良いでしょう」

そう言ってレオン先輩は私の方を見る。

え？　そんな話知らないけど？

私はひとまず先輩の横に行き、耳元まで口を近づけて囁く。

「私から説明するなんて、聞いてませんけど？」

「遠くからすごくそわそわしてるサキが見えてね。直接説明させてあげようかなって」

「そ、そんな急に言われても……」

「ほら、皆さん待ってるよ」

も、もぉ～しょうがないですねぇ。

私は一歩前に出て説明を始める。

「こちらの馬車は私が独自に開発いたしました、空間拡張型大人数用馬車となっています」

男爵の一人が首を傾げつつ声を上げる。

「……この大きさで大人数用ですって？」

「はい。他の二台がそれぞれ約三人乗りと六人乗りなのに対して、こちらの馬車は最大で十五人まで乗れます」

「「「「「「「十五人⁉」」」」」」」

私の言葉に全員が驚いた。

パッと見、小型の通常モデルと同じくらいの大きさに見えるし、信じられないのはわかる。

「まぁ、論より証拠です。まずは中に入ってみてください」

私はそう言って馬車の扉の横にあるボタンを押して、中に入る。

他の馬車と違って、客車には自動扉も付いているし、部屋みたいになっている。

そして部屋は空間魔法により拡張されているのだ。

家具も一通り揃っており、ホテルの一室のよう。

「な、なんだこれは⁉」

「これが馬車の中ですって⁉」

「こんなことが可能なのか⁉」

そんな男爵家の方々たちの驚きの声が聞こえてきた。

ふっふっふ……そうでしょう、そうでしょう！

ゆくゆくは部屋数を増やして、移動するお家を作りたい。

これはそんな野望の一歩目だ。

私が空間魔法の仕組みや仕様を説明すると、食い気味で男爵の一人から質問が飛んでくる。

「その魔石が供給する魔力が切れたらどうなるのかね？」

「魔力が切れた瞬間、空間は中にあった物と一緒に保管用の別空間に転移されます。人が乗っていた場合は強制的に外に追い出される仕様となっておりますので、閉じ込められることはありません」

「魔力補充費は別途かかりますが、馬車本体の価格は150万ナテになります」

「ひゃくご……」

流石に貴族といえどもこれだけの大金をポンと出すのには抵抗があるようで、皆さん眉をひそめていらっしゃる。

でも、この価格は良心的だと思うんだよね。

プレハブ小屋は大体100万から130万くらいだったと思うから、通常の馬車としても使用できることを加味したら150万は妥当じゃないかな。だって空間拡張技術まで使っているんだし。

私はそう思いつつ、続ける。

「とはいえこちら、すぐにご購入いただける商品ではございません。製作に大変時間を要するので、大量生産が厳しいのです。予約していただき、完成次第お手元に届けるという形になります」

これでひとまず私の説明は終了。

男爵はご家族と相談し始めようとする……けど、時計を見たらもう次のお客様が来る時間だ。

私は言う。

「それでは皆様、商品の紹介は以上になります。本日はお越しいただきありがとうございました。お店がオープンし次第馬車の予約も開始する予定ですので、今日のところはひとまずお帰りいただけますと幸いです」

私の言葉に従って、男爵家の皆さんは帰ってくださった。

実は本日の来店順は、爵位が低い順にしている。

次に来る方の爵位が自分より上であれば、印象を悪くしないようにスムーズに帰ってくれるだろうという狙いだったが、うまくいったようだ。

ショールームに、私たちだけが残された。

私たちは同時に安堵《あんど》の息を吐く。

「無事終わってよかったねぇ」

ティルナさんの言葉に、私は頷く。

「はい。この調子で頑張りましょう！」

「本当に、何事もなくてよかったよ……」

「え？　先輩、何か言いました？」

「ん？　いや、なんでもないよ」

先輩が何か呟いた気がしたけど……まぁいいか。

この調子で今日も乗り切ろう！

◆

つつがなくショールームのイベントは進み、残すは侯爵家四組のみ。公爵家は忙しいらしく来られない、とのことだからね。

僕――レオンは気を引きしめ直す。

今回怪しいのはフェルドランド侯爵にスコーティエ侯爵くらいか……他の二家は中立の侯爵家だからあまり気にかけなくても大丈夫だろう。

だがあの二家は過激派だから、十中八九聞いてくるだろう……販売予定のないあの道具のことを。

商品紹介は順調に進み、サキが馬車を説明するパートに入った。

すると、サキが説明に一生懸命になっているタイミングを狙って僕に話しかけてきた男がいた。

「レオン殿、少しいいですかな？」

予想通りだ。

話しかけてきたのは、フェルドランド侯爵。後ろにスコーティエ侯爵も伴っている。

「はい、なんでしょうか。フェルドランド侯爵様」

微笑む僕に対して、フェルドランド侯爵は声を低めて聞いてくる。

「今回紹介する商品は、あれで終わりかね？」

「ええ、どれも興味深い物ばかりでしょう？」

僕はそう聞くが、フェルドランド侯爵はそれを無視して質問を重ねる。

「先日、イスマイア侯爵の御子息と戦った時に、子供が使用していた物はないのかね？」

ビンゴ。こいつも魔法武器目的だ。

ミレニアさんやウォーロンさん、そして店のみんなに、『もし魔法武器を買いたいと食い下がられた場合は僕のところまで来るように促してほしい』と言っておいた。

武器を使い宣伝して網《あみ》を構えれば、サキの技術を武力に転用しようと企む人物を炙《あぶ》り出せると思っていたのだが、うまくいったな。

今目の前にいる二人を合わせて、今回尻尾《しっぽ》を出した人物は十二人。

想像よりは少ないが、十二人に関わりのある人物を辿《たど》っていけばより多くの関係者がわかるはずだ。

技術を武力に転用しようというアイデアを持つこと自体は罪ではない。だが、裏金や脅《おど》しを使ってサキを懐柔《かいじゅう》しようとする輩が現れる可能性はかなり高いだろう。

そもそも、サキはきっと戦争や貴族の争いのために武器を作ることは望まないだろう。

自分の作った武器で人が傷つくことを悲しむはずだ。

そんな思いを彼女にはさせたくない。絶対に。

僕はそんな思いを胸に、フェルドランド侯爵に答える。

「あぁ、あれですか。すみません、あれはこの店の従業員用の私物でして。ほら、僕やサキが不在の時は女性と子供しかいないわけですから。護身用です」

「つまり、売れないと？」

「そういうことです」

「あれだけ大々的に宣伝をしておいてかね？」

「あれは店を宣伝するために作ったものでしかありません。うちは武器を販売する店ではありませんから」

「相応の額を用意させるが、それでも無理だということかね？」

「そんなものはいりませんよ」

「君とサキ嬢はそうかもしれんが、他の従業員はどうだろうか……」

フェルドランド侯爵は片頬を上げる。

……汚い言い方をする。

このお店を作った目的はアリスの体質を活用しつつ、キールとアリスの働き口を作って彼らが自分たちの力で生活を送れる手段を作ること。

だが、王都は都会であるが故に暮らしていくにはお金がかかる。

きっとキールとアリスの素性《すじょう》を調べた上での物言いなのだろう。

しかし、これからサキたちが作った道具は世間に広まり、安定した収入が得られるようになる。

それは二人も理解しているし、あえて嫌っている貴族からの援助を受けようとは思わないはずだから、侯爵の指摘は的外《まとはず》れだ。

「店頭に並ぶのは、高いポテンシャルを持った発明品ばかりです。そんなものを売らなくても十分稼ぎになります」

僕がそう言い切ると、二人もこれ以上のゴリ押しは無駄とわかったのか、軽いため息を吐く。

フェルドランド侯爵は呆れたような口調で言う。

「そこまで言われては無理強いはできんな。ところで、それは君の意見かね？　それともサキ嬢を含めた店全体の意見かね？」

「僕の一存です。ただ、サキも同じ気持ちだと思いますけどね」

「そうか……では、帰りに挨拶を兼ねてサキ嬢にも聞いてみることとしよう。店長はサキ嬢なんだか――」

フェルドランド侯爵が、言葉の途中で身を震わせる。

さすが腐っても侯爵家。それなりの実力は持っているみたいだ。僕の殺気を感知したらしい。

僕は声を低めて、静かに話す。

「この件に関してサキを巻き込んでみろ。侯爵だとか立場なんて関係ない……僕はあなた方に必ずこの刃を振り下ろす」

僕がノーチェの柄《え》に触れるのを見て、二人は額に汗を滲ませる。

そんなタイミングで、何も知らないサキが手を振りながら軽やかに走ってくる。

「レオン先輩、説明終わりましたよ――って、どうかしました？」

サキが不思議そうな顔をして僕を見て、次いでフェルドランド侯爵とスコーティエ侯爵の方を向く。

これ以上侯爵二人とサキを同じ空間にいさせたくない。

「本日の商品紹介は以上になります。道中お気を付けてお帰りください」

僕が『以上』の部分を強調して言うと、侯爵二人は無言でお辞儀して、その場を去っていく。

こうして本日の展示会は終了となった。

「ふぅ……」

ショールームから戻り、研究所内の僕の部屋で椅子に座って息を吐く。

なんとか乗り切った。本日僕に声をかけてきた貴族の名前はリスト化したし、後はこれをフレル様と王様に渡してサキからなるべく遠ざけてもらえるように頼むだけだ。

それにしても、今日貴族家の相手をして、改めて僕は貴族には向いていないのかもしれないと思った。

学園を卒業する頃にはこのお店もある程度は安定していることだろうし、そうなったら僕はサキに以前言った通り、本当に冒険者になろうかな。

フォルジュでのサキとの会話を思い出す。

あの夜にサキに言いかけた言葉──

『僕と一緒に冒険者になって旅をしないか……』

サキと二人でいろんなところへ行って、いろんなものに触れて、いろんなことを体験できたらきっと楽しいだろうな……。

でも、サキはアルベルト公爵家で何不自由なく暮らしている。

そんな彼女を連れ出すなんて、よくない。

そもそも僕もここに来て、少し迷っているのだ。

このお店でみんなと過ごしている時間は、悪くない。お店で働き続けるのも楽しそうだって、思ってしまう。

でもそれだって今日みたいな貴族家の問題を解決しないと安心はできない。

このまま何事もなければいいなぁ……いや、何事もないように僕が頑張るしかないんだ。

「レオンせんぱーい、そろそろ行きますよー」

扉の向こうから、サキの声が聞こえてきた。

時計を見るとそろそろ迎えの馬車が来る時間。

僕は立ち上がる。

……対策はまた今度考えよう。まだ農畜区と商業区の人向けの展示会もあることだしね。

「今行くよ」

僕は、サキのところへ向かった。

◆

「くそ！　あのクロードの若造が！」

私——フェルドランドは悪態をつきながら、机を叩く。

アルベルト家の養子の娘が作り出したという数々の道具……それを手に入れるために足を運んだが、まったくの無駄骨だった。

スコーティエ侯爵も、険《けわ》しい表情をしている。

ショールームのイベントを終えてスコーティエ侯爵と今後の対策を練ることにしたが、フェルドランド家やスコーティエ家はアルベルト家とはあまり繋がりがない。

その上、クロード家からはいい印象を持たれていない。

そんな現状では対策のとりようもない。

それはスコーティエ侯爵もわかっているようで、苦々しい口調で言う。

「あの魔法武器やまだ見ぬ武具が他の侯爵家に渡れば、我々の立場が危うい。最悪なのはアルベルト家やクロード家と繋がりのある伯爵家の手に武器が渡り、我々が引きずり下ろされるパターンですな」

「わかっている！　しかし、レオンが邪魔《じゃま》だ……」

私の言葉に対して、スコーティエ侯爵の表情はさらに険しくなる。

「レオンはこちらに武器を売る気はないでしょうが、武器の販売をする気がないっていう言葉はどこまで本気か……」

私は無言で頷く。

そしてレオンの顔を思い出す。

あの目……意にそぐわぬ者は全て薙《な》ぎ倒すと言わんばかりだった。母親に似て忌々《いまいま》しい……。

「レオンを懐柔するのは無理でも、サキ嬢には付け入る隙があるのではないですか？」

少しして、スコーティエ侯爵がそんな提案を口にする。

私は顎に手を当てながら言う。

「確かに武器に関する宣伝はレオンの独断で行われたもの。とすればサキ嬢はかの武器を巡る情勢をさほど重く受け止めていないはず」

「しかし、サキ嬢に近づけばレオンが出てくるというのがネックではありますが……」

「それならば、サキ嬢がレオンから離れるように仕向ければいい」

「というと?」

私はほくそ笑みながら、今しがた考えついた案をスコーティエ侯爵に説明する。

うまくいけばレオンを引きずり落として、我々がサキ嬢と関わりを深めるチャンスだって作れるはず。

見ていろレオン。貴様の余裕の仮面を引き剥《は》がしてやる。

6 すれ違い

「むふふ……」

「サキ、今日はなんだかご機嫌《きげん》ね」

農畜区や商業区向けのショールーム展示会を終えてから数日後。

学園でお店の資料を見ながらニヤけている私に、アニエちゃんが声をかけてきた。

それを見て、フラン、オージェ、ミシャちゃんも私の机の周りに集まってくる。

「うん！　お店の展示会が終わったんだけどね、購入希望の人がたくさんいたんだよ！」

私がそう言うと、アニエちゃんは頭を撫でてくれた。

「それはよかったわね。まぁ、サキの作る道具はどれもすごいものばかりだから、当然といえば当然か」

するとと、オージェが身を乗り出してくる。

「それで、どんくらい儲《もう》かりそうなんすか？」

「えー？　うーん……」

私は頭の中でざっくりと計算してから、みんなに近くに寄ってもらう。

周りに聞こえないように耳打ちすると、オージェが今まで見たことないくらい驚く。

「そ、そんなにっすか⁉」

「だって単価が高いものも多いし、これにプラスして魔石に魔力を補充する費用もかかるから、総合的にこんな感じかなって……」

「ほえー……大金持ちっすね～」

天を仰ぐオージェを横目に、ミシャちゃんが笑う。

「でも、サキちゃんは別にお金なんていらないんじゃないですか？」

「まったくいらないとは思わないけど……でも前にパパから渡された、回復魔法と回復薬の治癒効果の論文出した時のお金も全然使ってないから、どう使おうかは迷っちゃうなぁ」

私の言葉に、アニエちゃんは驚く。

「ちょ、ちょっと待って！　あの論文、サキが書いていたの？」

「え？　うん。王都に来たばっかりの時くらいかな……アニエちゃんも読んだの？」

「え、えぇ。その論文を書いた人を探している貴族が結構多くて、誰が書いたかパパが調べていたの。ちょっとでも手伝えればと思って私もこっそり論文を読んだんだけど……難しい内容のはずなのにすごくわかりやすく書かれてて、びっくりしたわ」

「そ、そうなんだ……」

まぁ、前の世界では大学で論文を書かされていたり会社で死ぬほど資料作りをさせられたりしていたから、慣れてはいるのだ。

でも、割と適当に書いたつもりだったんだけど……。

「ちなみに、それはどのくらい報酬が出たんですか？」

ミシャちゃんが聞いてきたので、もう一度みんなに耳打ちする。

すると、先ほどよりもさらにオージェが目を丸くして驚いた。

「なんすかその金額!?」

「しー！　オージェ、声がでかいわよ！」

アニエちゃんの言葉に、オージェは慌てて口を噤《つぐ》んだ。

でも、オージェ以外のみんなも、かなり驚いているように見える。

「論文を書くと、そんなにお金がいただけるんですか？」

ミシャちゃんの質問に、フランが答える。

「いや、普通ならそんなにもらえないと思う。でも、あの論文は回復魔法の歴史の中でも長年研究され続けてた内容だったらしいし、かなり価値が高い情報だったんだと思うよ」

「それで、サキはどれくらい報酬を使ったの？」

アニエちゃんが聞いてきたので、私はうーんと唸る。

「えっと……みんなでお店に行く時とぉ、レオン先輩たちと旅行に行った時とぉ、あとキールとアリスに必要なものを買ってあげた時とか……」

私が指を折る様子を、みんなは困ったような、でもホッとしたような表情で見てくる。

「欲がないのね。サキらしいけど」

アニエちゃんはそう言ってくれた。

「でも、自分の考えたことがお金になるなんて……さながら金の生《な》る木っすね。あーあ、俺も論文でもなんでも書いて大金持ちになりてぇっすよ」

そうため息を吐くオージェに、アニエちゃんはぴしゃりと言う。

「バカに書ける論文なんてないわよ」

「バカでもできるスキル開発……なんてのはどうかな？」

「いえいえ、バカでも強くなる魔術指南書とかの方がいいですよきっと」

フランとミシャちゃんのアイデアが面白くて、私は笑う。

「ふふっ……っていうかもう論文関係ないじゃん」

なんかコンビニに売っている怪しい本みたいだなぁ。

そう考えていると、オージェが叫ぶ。

「そんなことよりも、バカバカ言うのをやめてほしいっす！」

その言葉を聞いて、私たちはひとしきり笑った。

会話が一段落したタイミングで、ミシャちゃんが尋ねてくる。

「そういえばサキちゃん。今日は、ネルちゃんと一緒じゃないんですね」

今日はネルの腕輪をしていなかったんだけど……流石ミシャちゃん、ファッションに関する観察眼が鋭い。

「ネルは、街の猫ちゃん連合の会合があるらしくて出掛けているの」

あの猫ちゃんは一体どこを目指しているのか……。

そんな風に思いながら遠い目をしていると、教室のドアの方から声がする。

「あ、サキさーん、先輩がサキさんを呼んでるんだけど……」

声がした方を見ると、レリアさんがこちらへ歩いてくるところだった。

先輩？　レオン先輩かな？

「レオン先輩？」

私のところまで来てくれたレリアさんに聞くと、彼女は首を横に振る。

「ううん、フェルドランド侯爵家のフロワ様だよ」

フロワ様？

関わりが今までないんだけど……なんの用だろう。

でも呼ばれているのなら行くしかないわけで。

私が立ち上がると、アニエちゃんが心配そうに声をかけてきた。

「サキ、大丈夫？　私も一緒に行こうか？」

「大丈夫だよ、これでも私、展示会で話をするのに慣れたんだから」

えっへんポーズをして自信満々に言うと、アニエちゃんは安心したような表情になる。

私はレリアさんにお礼を伝えて廊下に向かった。

「お待たせいたしました、フロワ様」

私は廊下に出て、フロワ様に挨拶をする。

関わりはなかったけど、何度かお茶会でお見かけしたことはあったから、顔は知っていたのだ。

「ごきげんよう、サキ様」

フロワ様と、後ろにもう一人先輩がいる。二人は揃ってお辞儀した。

この人は確か……そうそう、スコーティエ侯爵の次女のミーニ様だ。

「私に何か御用でしたか？」

私が聞くと、フロワ様とミーニ様は言う。

「いえ、父がサキ様のお店との取引にあたりご挨拶をしたかったそうなのですが、都合が合わず……学園でよろしく伝えてくれと言われましたので、ご挨拶に伺わせていただきました」

「私もフロワと同じですわ」

うちの商品はやっぱり注目されているんだ！

私はうきうきしながら聞く。

「そうだったんですね！　わざわざありがとうございます！　うちのどの商品が気になっておられるとか伺っておりますか？　どれもとてもいい商品だという自負はあるのですが！　やっぱり馬車ですか？　それともレンジとか――」

私の話をぶったぎるように、フロワ様は言う。

「私はあのスクロールというのが見てみたいですわ！」

「え？　スクロール……？」

えっと……どういうことだろう……。

スクロールはアリスとキールのあの試合に使うために作ったもので、販売する予定はないはずだけど……。

私は慎重に言葉を選ぶ。

「フェルドランド侯爵様は、その商品が購入できると言っていたんですか……？」

「もちろんです。だからでき上がるのを楽しみにしていますの！」

「スコーティエ侯爵様もですか？」

ミーニ様は頷く。

「はい、そのように父から聞いています」

まさかティルナさんが間違えて注文を受けた？

それともキールかアリスが……？

レオン先輩なら、そんな大切なことを私に隠すわけない。

先輩は、副店長なんだから。

そう思っているはずなのに……なんだろう、この胸のざわつき……。

とにかく、武器の販売は王妃様にも気を付けろって言われているし、この件についてはしっかり把握しておかないと。

私はフロワ様とミーニ様との会話を終えて教室に戻る。


本日最後の授業である魔法戦闘学が終わり、フランの元へ向かう。

この授業は外で行われるから、いつもならそのまま特訓を始めるんだけど――

「フラン、今日ちょっと研究所に寄らなきゃだから、特訓に参加できない」

「わかったよ。それよりサキ、大丈夫かい？」

「大丈夫って、何が？」

「いや、何がとは言えないけど……なんだか思い詰めた表情をしているから」

フランはそういう、人の機微《きび》を敏感に察知するんだよね。

やっぱりみんなに相談した方がいいかな……。

「実はさっき――」

だけど、言いかけたところで私は首を振る。

やっぱりダメ。自分のお店の問題なんだから、私が頑張って解決しないと。

そんな私の行動を見て、フランが怪訝《けげん》そうな表情を浮かべる。

「サキ？」

「ううん、なんでもない。大丈夫だよ。それじゃあみんなにも特訓に参加できなくてごめんって謝っておいて！」

私はそれだけ言い残して、教室に荷物を取りに行ってから研究所へ向かった。


研究所に着いた。

自室に鞄を置いて、着替えてからみんなを探そう。

庭に出ると、アリスとティルナさんが洗濯物を干していた。

「あ、サキお姉ちゃん、今日は早いんだねぇ」

「サキちゃん、今日は早いんだねぇ」

私に気付いて、二人は笑顔を向けてきた。

その顔を見ると、胸のざわつきが少し落ち着く。

だけどそれも一瞬だ。すぐさま不安がぶり返してくる。

私は二人にスクロールのことを尋ねる。

「アリス、ティルナさん、貴族の人にスクロールを販売するって言った？」

「え？　ううん。スクロールって商品じゃないよね？」

「私もしてないよぉ。そもそも貴族家と話している時に武器に関する話が出たら、レオン君に言う

私は研究室へ向かって歩き始める。

しかしその道すがら、ふと先輩の部屋の前で足を止めてしまう。

……もし、もし先輩が貴族家を顧客に魔法武器を販売しようと考えているとしたら。

契約書や一覧は、この部屋の中にあるのだろうか。

私はこの研究所のマスターキーを持っているから、先輩の部屋に入れる。

……でも、勝手にこんなことしたらダメだよね……。

嫌な汗が噴き出す。

心臓が、痛いくらいに鼓動《こどう》を強める。

いけないこと……だけど、この部屋から何も出てこなければ、私の心のざわつきはきっと治まるはず。

私は収納空間からマスターキーを取り出して、先輩の部屋の鍵穴に差し込んだ。

「お、お邪魔しまぁす……」

誰もいないのにとりあえず挨拶してしまう。

キョロキョロと部屋を見回しながら歩くが、部屋の中には綺麗にまとまった資料や剣の手入れの道具が置いてあるだけだった。

なんだ……やっぱり私の考えすぎだよね。

後で先輩に謝らないと……ん？

ふと、机の上に置いてある一枚の紙が目に入った。

「これ……」

一番上に記された一文が目に入った瞬間、息が止まりそうになった。

『魔法武器の購入を希望した貴族家一覧』

思考が止まり、しばらくしてから脳が事実を理解し始める。

王妃様が貴族家の中で技術を兵器に転用しようとする動きがあると教えてくれた……それに加えてフロワ様とミーニ様の発言を踏まえると……。

もしレオン先輩が、魔法武器を販売するために動いているんだとしたら、これまでの行動の辻褄《つじつま》が合ってしまう。

試合だって、キールとアリスを出そうと提案したのは先輩だった。

キールやアリスみたいな学園にも行っていない子供が使えるとなれば、武器の優秀さを効果的に宣伝できる。

信じたくない。

でも、このリストを見るに、この件にレオン先輩が関わっているのは確実だ。

頭の中でマイナス思考が加速していく。

段々と呼吸が荒くなっていくのがわかる。

信じたくない。何かの間違いだと思いたい。

……でも、他の可能性が思い浮かばない。

先輩の優しい笑顔が全て嘘《うそ》だったんじゃないかと、不安と恐怖で手が震える。

そんな時、ガチャッという音と共に扉が開いた。

体がびくりと跳ねる。

「……サキ？」

振り返ると、ノーチェに手をかけたレオン先輩がいた。

先輩は、ゆっくりと部屋に入ってきた。

武器を構えるほど警戒していたという事実が、また一つ私の考えを裏付ける要素になった。

だってこの部屋にあったリストが、それほどまでに見られたくないものだって言っているようなものじゃないか。

「レオン……先輩」

掠《かす》れた声で言う私に、レオン先輩が問うてくる。

「どうしてサキが部屋に？　僕に何か用があったのかい？」

先輩が私に向かって伸ばしてきた手を、パシッと払い除ける。

「サキ？」

首を傾げるレオン先輩。

この期《ご》に及んでまだシラを切るつもりなんだと思うと、涙が浮かんでくる。

「先輩も……結局は貴族家の人間だったってことなんですね！」

「サキ、何を言ってるんだい？」

「誤魔化したって無駄です！　私に隠れてスクロールの販売を決めたんでしょう⁉　貴族家に兵器

として売るつもりなんでしょう⁉」

私の言葉に、先輩は慌てたように弁明する。

「ぼ、僕がそんなことするわけ――」

「するわけない？　じゃあこれはなんなんですか」

私は『魔法武器の購入を希望した貴族家一覧』を掲げる。

それを見た先輩は、ハッとした顔になった。

やっぱり心当たりがあるんじゃないですか……。

さっきまでの疑いが確信に変わり、胸がきゅっとしめ付けられる。

「信じてたのに……先輩は私のことを大切にしてくれて、裏切ったりしないって思ってたのに‼」

「言い訳なんて聞きたくないです！　先輩は隠し事をしていた！　それは事実でしょう⁉」

「サ、サキ。それは違うんだ、それは――」

「サキに隠し事なんてしていないさ。だから落ち着くんだ！」

いい。もういい。そっちがそのつもりなら私はその嘘を魔法で暴く！

「【読心術《マインドリーディング》】」

読心術とは、闇魔法を用いて他人の『心』に干渉し、情報を得る魔法のこと。

レオン先輩が私にどんな感情を抱いているのか知りたくて覚えたこの魔法……こんなことで使いたくなかった。

読心術を使っても、レオン先輩の考えまでは読めなかった。

この魔法は、使用者よりも精神力の強い人には効きにくいから。
でも、隠し事をしていないって言っていたのが真実か嘘かは読み取れた。
やっぱり先輩は私に隠し事をしている。
「サキ、僕の話を――」
私は首を横に振る。
「聞きたくありません！　こんなこと知りたくて練習したんじゃなかったのに……」
涙が溢れて仕方ない。
そして先輩の顔を見ていられなくなった私は、研究所の外へと走る。
私は考える。
アルベルト家のお屋敷に戻ってもすぐに先輩が迎えにきてしまうだけだ。
……そうだ！　あそこなら誰も来ない！
私はそのまま王都の門へ向かって走った。
叫んでしまいそうな心をぎゅっと押さえつけて、涙を流しながら。

◆

「サキ！」

部屋を飛び出して外に走っていったサキを追いかけるが、一瞬で見失ってしまった。

僕――レオンは混乱の最中にあった。

一体、何がなんだか……。

魔法武器の貴族家への販売は、僕が一番警戒していたことだ。

それなのにサキはなぜ急にそんなことを言い出したのだろう。

そして何より気になるのが、サキがあんなにも感情を露わにしていたことだ。

いつもの彼女なら冷静に僕に確認を取ったり、話を聞いたりしてくるはずなのに。

……いや、ここで考えていてもしょうがないことだ。

とにかくサキを捜《さが》さなきゃ。

僕はアルベルト家の屋敷へ向かった。


屋敷に到着した僕は、見張り兵士の一人に話しかける。

「急な訪問失礼する。僕はクロード家のレオン・クロード・ライレン。サキ嬢にお会いしたく訪れたのだが、彼女は戻っているだろうか」

「まだ戻っていないはずです。先ほどフラン様とアネット様はお戻りになられましたが……」

戻っていないか……でももしかしたら、フランなら心当たりがあるかもしれないな。

「では、フランに話したいことがある旨を伝えていただいてもよろしいか？　返事をいただけるまでここで待たせてもらおう」

「はっ！　すぐに伝達いたします」

そう言って兵士は屋敷の中へ向かい、しばらくしてからフランを連れて戻ってくる。

「レオン先輩、どうしました？　サキじゃなくて僕に用だなんて」

「フラン、急にすまない。サキの居場所に心当たりはないかい？」

「え？　サキは研究所に行ったんじゃないんですか？」

「研究所にいたんだが、急に飛び出していってしまって。すまない、僕も状況を呑み込めていなくて混乱しているんだ。とにかくどこかサキがいそうな場所がわかるなら教えてほしい」

フランはことの重大さを理解したようで、表情を真剣なものにする。

「わかりました。だけど僕にも、サキが一人になりたい時に行く場所なんて見当もつきません。でもアニエたちなら何かわかるかもしれないので、呼びかけてみます。一緒にサキを捜しましょう！」

「すまない……」

「レオン先輩が謝ることじゃないですよ」

僕が謝ることじゃない……本当にそうなのだろうか。

サキの泣き顔と、僕を非難する声が思い起こされる。

……胸が痛む。

「……僕も僕なりに捜してみるから、また後でこの屋敷で集まろう」

「わかりました」

僕はひとまず、王都の中を捜し回ることにした。

商業区やギルド、王城なんかにも行ったけどサキは見つからない。

サキがどこに行ったのか……それを考える度に僕がどれだけ彼女を知らなかったのかを思い知る。

いや、弱気になるな。いつもサキと一緒にいるフランでさえ見当がつかないんだ。

そこではたと気付いた。

そうだ、フラン以上にいつも一緒にいるネルなら、サキの居場所がわかるんじゃないか？

サキは今日、ネルの腕輪をしていなかった。

それならネルは別行動をとっていると考えるのが自然だ。

僕はミミフォンを取り出して、フランを呼び出す。

数秒して、声がした。

『はい、こちらフラン』

「こちらレオンだ。フラン、今日ネルはどこにいるんだい？」

『ネルですか？　確かにネルならサキの居場所がわかるかもしれませんけど……今日は猫ちゃん連合の集まりだとか。その場所まではわかりません』

猫ちゃん連合ってなんだ……？　でもフランはこんな時にふざける子じゃないはず。

僕は頭を掻く。

少しして、フランが続けた。

『でも屋敷にもう戻ってるかもしれません』

「わかった。それじゃあ一旦屋敷に集まろう」

『了解しました』

僕はフランとの話を終え、屋敷に向かって走り出した。

アルベルト家の屋敷に戻ると、話が通っていたようでそのまま中へ通された。

案内された客間にはサキのチームメンバーであるフラン、アニエ、オージェ、ミシャと、フレル様にキャロル様もいた。

そして、机の上にはネルもいる。

フレル様が切り出す。

「レオン、来て早々で申し訳ないが、サキがいなくなったっていうのは本当かな？」

「はい……」

「原因に心当たりはないのかしら？」

「心当たりがないわけでは……でも僕もよく理解できてないんです」

キャロル様の質問に対する僕の答えは、我ながら歯切れが悪い。

罪悪感のようなものを感じているからだろう。だけど、今はそんなもの、捨てなければ。

僕は研究所であったことを、全員に説明した。

僕の部屋にあったリストを見つけたこと、魔法武器を貴族に販売するというデマを掴まされた可能性があること、そしてサキがいつもより感情的になっていたこと。

話を聞き終えたフレル様が、僕に尋ねてくる。

「そんなことがあったのか……それにしても、なぜそんな一覧を作っていたんだ？」

「魔法武器の情報を欲する貴族を把握し、今後サキに近づかせないようにするためです。後でフレル様と王様に報告し、ご助力を仰《あお》ぐつもりでした」

「なるほど……だが、サキはスクロールを貴族家に売る手引きをレオン、君がしていると言っていたんだね？」

「はい……」

「いつものサキちゃんならそんなこと考えないはずだけど……」

キャロル様も戸惑うようにそう言った。

「……」

「フラン、どうしたのよ。さっきから黙っちゃって」

考え込んでいる様子のフランに、アニエが声をかける。

フランはゆっくりと口を開いた。

「これはあくまでも仮説に過ぎないんだけど、レオン先輩が武器の販売をしていたら辻褄が合うような、誤った情報を意図的に吹聴《ふいちょう》されていたらどうだろう。さっきサキと最後に会った時、明らかに様子がおかしかった。何かを考えるような、悩んでるような表情をしていたんだ。恐らくきっかけは、フロワ様に呼び出されたこと――」

僕は思わず立ち上がり、叫ぶ。

「フロワ⁉　フェルドランド侯爵の娘のか⁉」

くそっ！　やつに対しては釘《くぎ》を刺していたから、すぐに仕掛けてこないだろうと完全に油断していた。

だけど娘を使ってくるなんて！

フランは頷く。

「はい。『スクロールを売ってもらえると説明された』とフロワ様がサキに言ったのだと仮定すれば、サキが悩むのも納得できます。自分に黙ってその話を推し進めた誰かがいるということになるのですから。そしてレオン先輩の部屋で『魔法武器の購入を希望した貴族家一覧』なんてものが見つかれば……」

それなら辻褄が合う。

確かに状況だけを見たなら、僕が魔法武器販売の手引きをしているという理屈になってもおかしくない。

だが、疑問は残る。

フランは続ける。

「ただ、サキがレオン先輩に説明を求めた時点でこの計略は失敗する。リストを作った理由を説明さえすれば誤解は解けるんだから。そう考えると、今回の計画はかなり危うい。甘いと言ってもいい。だっていつものサキなら、まず話を聞くと思うんだ。悲しんだり、怒ったりはするかもしれないけどここまで感情を剥き出しにするなんていつものサキらしくない」

そうだ。そこは僕も感じていたことだ。

いつもの彼女なら怒るよりもまずは説明を求めるはず。

だが今回の一件では、対話すら拒否されてしまった。

フェルドランド侯爵に何か精神攻撃でも……いや、サキには精神耐性のスキルがあるからまずそれは考えにくい。

考えがまとまらない中、ネルの声が頭の中に響《ひび》く。

『その件については私が説明いたしましょう。まず、フラン様の推測は概《おおむ》ね当たっていると思われます。サキ様は以前、王妃様から技術を武器に転用しようとする貴族に気をつけるようご注意いただいておりました。それも手伝って、より疑いが強固になってしまったのでしょう』

王妃様も気にかけていたのか……。

いや、サキはプレシア姫に回復魔法の指導をしたりお茶をしたりするほど仲がいい関係だ。

王妃様が気にかけていたとしても、おかしい話じゃない。

ネルは続ける。

『そして、サキ様が激昂《げっこう》した理由は、サキ様の心が不安定になっているからでございます』

「不安定？　今回の一件があったからかい？」

フレル様が聞くとネルは首を横に振る。

『いいえ、今回のことはあくまでただのきっかけにすぎません。私はいつかこのようなことになると予想しておりました。ただ、タイミングが悪かったのです。私にはどうしても外せない所用がありましたし……』

猫ちゃん連合……だったか？　そんなに大事な予定だったのか。

いや、それはさておき。

『サキ様の心が不安定になっているのは、サキ様の心が皆様との生活の中で健やかな状態になったからでございます』

「それはいいことじゃないのかい？」

僕が聞き返すと、ネルは頷く。

『はい、喜ばしいことです。しかし、サキ様はメンタル面において皆様よりも劣っている点がございます。それは、感情の起伏に慣れていない——弱いということでございます』

「それは……どういうことっすか？」

オージェの質問を受け、ネルは続ける。

『サキ様は森に住み始める以前は、自分の心を押し潰し、感情を殺し、ただただ周囲の人間の言うことを聞いて過ごしていたそうです。そのためまだ感情の揺らぎに慣れておらず、自分の中で折り合いをつけることが難しい。感情の程度を調整するのに不慣れなんです』

サキにそんな過去があったなんて……。

そう驚く反面、合点《がてん》がいった。

旅行先で聖炎《せいえん》によって作られた剣——白風《しらかぜ》を横取りしようとした男やアリスを攫った貴族に怒って突発的な行動を取ろうとしていたことが脳裏を過《よぎ》る。

『そして今回サキ様は、裏切りによって心を乱された』

裏切り。その言葉を聞いて、僕は息を呑んだ。

『レオン様、あなたにそのつもりがなくとも、あなたの行為が今回サキ様の精神状態に大きな影響を与えたのです。もっともサキ様のためとはいえ、本人に相談せずあなた一人で勝手にことを進めていたことは裏切りと捉えられても仕方ないのではないか、と私は思いますが』

ネルは僕のことを見つめながら、まさしく僕が考えていたことを言った。

「ネル……それは」

後悔と罪悪感から、僕は下を向いた。

ネルは『はぁ……』と息を吐く。

『私はこれよりサキ様の元へ向かいます。居場所はもとよりわかっておりますので』

「そ、それなら私たちも！」

そう口にしたアニエを始めとするサキのチームメイトはネルの方を向くが、彼女は首を横に振る。

『私の猫友によると、サキ様がいる場所——近くの森で魔物が大量に発生したという報告が冒険者からいくつも上がっているとか。アニエ様、あなた方が対応するには、少々荷が重いです』

「で、でも……」

『まずご自身のことを考えてください。あなた方がこれで怪我をしたら、サキ様が悲しみます』

アニエにそう告げて、ネルは窓から外に出た。

ネルが出ていった窓を見て、僕はただ立ち尽くすしかなかった。

僕が今までしてきたこと、サキのためになればと思ってやってきたことが全て裏目に出た。

サキには貴族家の汚いところを見ずに、純粋なままでいてほしかった。

自分がうまくやりさえすれば、サキを守ることができる——そんな驕《おご》りの結果がこのザマか。

自分を責める言葉ばかりが脳裏を巡る。

僕のことを、サキは今どう思っているだろう。

幻滅《げんめつ》しただろうか。それとも憤慨《ふんがい》しているだろうか。

いずれにせよ、もう前のようには……。

「レオン」

無気力になる僕の元へ、キャロル様が怒った様子で歩いてきている。

「何をしているの。ネルを追わないの？」

「いや、でも僕は——」

「でもじゃないわ」

キャロル様は僕の言葉を遮るように言うと、まっすぐこちらを見つめて言う。

「覚えているかしら。私は以前あなたに『サキちゃんをお願いね』と言ったのよ。後にも先にもそんなこと、あなたにしか言っていないわ。それはあなたにならサキちゃんを任せても大丈夫だと思っていたからよ」

そうは言っても……今までサキと築《きず》いてきた関係にはすでにヒビが入り、もう壊れてしまっているかもしれない。

あの時のサキの……僕が流させた涙と、表情が脳裏に焼き付いて離れない。

「僕なんかがサキのことを連れ戻せるとは到底思えないんです」

「あなたにとってサキちゃんは大切な存在ではないの？」

「大切です。あんなに僕の心を動かしてくれた人、他にいませんから」

サキは僕の夢を唯一否定しなかった人だ。

最近感情を露わにすることも増えて、コロコロと変わる表情が可愛らしい。

頑張り屋なところも、興味を持ったことにまっすぐ突っ走るところも、全てが愛おしい。

でも——

「……彼女を傷つけてしまった今、合わせる顔がない」

「……っ！　甘えたことを言わないで！」

キャロル様は僕の両肩を掴み、叫ぶ。

「合わせる顔がない？　そんなの当たり前よ！　生きていれば大切にしている者を知らず知らずのうちに傷つけることもあるわ。誰だって自分のことを疑ったり嫌ったりしてる人に会うのは怖いものよ。それが大切に想ってる人ならなおさらね。でも、だからって何もしないのはただの甘えよ！　怠惰《たいだ》でしかないわ！　重要なのは、傷つけたその人との関係を最後まで投げ出さずに誠意を見せることでしょう⁉」

「甘え……」

そうだ。このまま何もせず時に身を任せるのは、何より楽なことだ。

でも、それでサキと僕の関係が修復できるわけではない。

彼女を傷つけておいて……？　いや、傷つけたからこそ責任を取るべきじゃないのか⁉

僕はぎゅっと拳を握り、顔を上げる。

「キャロル様……すみませんでした。僕は弱気になっていました」

「……任せても大丈夫なのかしら？」

「はい、必ずサキと二人で帰ってきます」

キャロル様は僕の肩から、両手を離した。

「サキちゃんのこと、お願いね」

いつもの優しい表情で、キャロル様はもう一回僕にサキを任せてくれた。

でも、かつてと言葉の重みが違う。

僕は今、本当の意味でサキを任されたのだ。

だが、逃げない！

僕は覚悟を決め、アルベルト家の屋敷を後にした。


まず向かうのは、ギルドだ。

ネルはサキの居場所の近くで魔物が大量に発生していたという情報を、冒険者から得たと言っていたから。

もしかして、僕にサキの居場所を教えてくれた……？

「つくづく、食えない猫ちゃんだ」

僕はにやりと笑い、走る速度を上げた。

7　森の異変

私――サキは研究所を飛び出した後、王都を出て空間魔法でクマノさんと暮らしていた森に飛ぶ。

俯きながらかつての家があった洞窟《どうくつ》へ向かって歩いていると、雨がぽたぽたと降り出した。

やがて雨は本降りになってきたけど、傘を差す気にもなれず、洞窟に到着する頃にはびしょびしょになってしまった。

さすがにこんな状態でベッドに体を横たえるわけにもいかないし、久しぶりに来たから部屋も軽く掃除《そうじ》しなくては。

「二重付与《ダブルエンチャント》・【温風乾燥《ドライヤー》】二重付与《ダブルエンチャント》・【清掃風《クリーンエアロ》】」

私が発動した魔法のうち一つは私を乾かす魔法、もう一つは風を起こして埃《ほこり》を別空間に飛ばす魔法だ。

雨に打たれたおかげか、こういう判断ができる程度には落ち着いてきた。

でも、落ち着いたからといって事実が変わるわけじゃない……。

レオン先輩が私に隠れて貴族と裏取引をしていたという事実は。

私は綺麗にしたベッドに身を横たえ、枕《まくら》に顔を埋める。

正直、貴族に私の武器を売るかどうかという問題自体は、どうでもいい。

先輩が売りたいって言ったら賛同しただろうし、王妃様にも気を付けるよう言われただけだから、二人で悪用されないように対策を考えればいいだけだし。

そんなことより、私の胸をざわつかせるのは、どうして先輩が私にそのことを言ってくれなかったのか、どうして私に隠そうとしたのかということだ。

私が相談相手として頼りなかったからなのか、先輩自身にやましいことをしている自覚があって言えなかったのか……ネガティブなことばかりが頭を巡る。

私を客寄せパンダか、金の生る木としか見てくれていなかったのか……私を利用するために旅行にも行って……剣を買ってくれて……優しくしてくれた……。

考えたくないのに……今は何も考えたくなんてないのに。

どうして私の心の中から先輩は消えてくれないの。

どれだけマイナスなことを考えても、頭の中で先輩が優しく私の名前を呼んでいる姿が思い浮かんでしまう。

目の奥が熱くなって、枕の染みが大きくなる。

私……なんでこんなに悲しんでいるの……？

先輩が私に内緒で何かをしてるなんて、これまでだってあったじゃない。

こんなことならお店なんて開かなきゃ……。

そう思っていると、頭の中に声が響く。

『サキ様』

顔を上げて扉の方を向くと、ネルがいた。

「ネル……」

『サキ様、泣いていたのですか？』

私は慌てて涙を拭いて笑顔を作る。

「ごめん……いつもネルに迷惑かけちゃってるよね……」

『構いません。そのために私が存在しているのです。それに、この程度のことは迷惑にも入りません』

「ネルは優しいね」

私はそう言って、ベッドの上に登ってきたネルを抱っこする。

温かくて、ふかふかだ。

少し心が落ち着いてきた。

『サキ様、お店を開いたことを後悔していますか？』

「え……？」

ネルに考えていたことを言い当てられて、私は一瞬固まってしまった。

「そ、そんな……後悔なんて……」

『していないよ』と言いたいのに、言葉が出てこない。

こんなにも悲しくて……それは大本を辿ればお店を開いたからで。

それを後悔と呼ばないでいられるかは、私にもわからない。

でも、お店は元々アリスのために作ろうとしていたのだ。

そう思い直し、私はどうにか口を開く。

「あのお店はアリスを助けるために作ったの。だから、後悔なんてしていなぃ……」

言っていることに自信が持てず、どんどん声が小さくなる。

すると、ネルが言う。

『では、アリス様のことを抜きにして考えてみてください』

「え？」

『アリス様を助けるだけなら、必ずしもお店を開かなくてもよいはずでしょう。それなのに、なぜお店を作ろうと考えたのですか……？』

アリスのためにっていうのが建前だと、ネルは言っている。

私はもう一度自分の心と向き合う。

そして声を震わせながら、頭に浮かんだことを話し始めた。

「ほ、ほんとは……ね、先輩と旅行に行って……お店を作ろうって提案してもらって、やっぱり先輩はすごいなって思ったの……自分の技術を使ってお金を稼ごうなんて、私は考えたことなかったから……」

『はい』

私の答えになっていない話にネルはただ一言だけ返事をして、次の言葉を待ってくれる。

「それでね……すごいなって思った以上に、嬉しかったの……」

『どうして嬉しかったのですか？』

「また先輩と一緒に何かできると思って……また一緒にいていい理由ができたって……思って……」

『では、サキ様から見たレオン様はどのような方なのですか？』

「どんな人……？　先輩はなんでもできて、かっこよくて、優しくて、みんなに頼られてて……」

レオン先輩は誰にでも優しいから、私にも優しくしてくれている。

私は強いから先輩と一緒に特訓する機会があるだけで、特別じゃない。

そう自覚すると胸が痛くて、また涙が零れる。

「そんな先輩が……憧れで……」

『サキ様は、レオン様が他の方に優しくされていることに対して、どう思われているのですか？』

「先輩なら女の子にもモテて当たり前だし……いろんな人に頼られるのも……私だってたくさん助けてもらってるもん」

『サキ様、そういうことを聞いているのではないのですよ。私はサキ様の心について聞いているのです。サキ様はどう思っていらっしゃったのですか？』

私の心……私の想い……。

ネルは重ねて聞いてくる。

『例えば、メルブグで女性たちに囲まれていたレオン様を見て、どう思いましたか』

「あの時は……なんか嫌だった」

『なぜですか？』

「なぜって……」

『モテるのが当たり前だと考えているのであれば、嫌な気持ちにはならないかと』

「それは……私と出かけてるのに他の女の人に目がいってるのがなんか……許せなくて……」

『ではレオン様を囲んでいたのが男性なら、何も感じなかったのですか？』

男性だったら……確かにそれなら何も感じなかっただろう。

イライラするどころか、先輩がみんなに頼られていることを誇《ほこ》らしく感じるかも。

『前にもサキ様は同じような気持ちになられたことがありますね。覚えてらっしゃいますか？』

「うん……カルバート家のメイリー様のところで……」

『あの時はどうしてそのような気持ちに？』

「レオン先輩もメイリー様みたいな人が……好きなの……かなって」

ネルに聞かれたことに答えていくうちに、自分の気持ちが少しずつわかっていった。

そして私はある答えに辿り着いた。

そうだ、私は――

「私はレオン先輩のことが……好きだったんだ」

それを自覚した瞬間、先輩との楽しかった思い出が一気に頭を駆け巡った。

私のために戦ってくれる先輩が、私の隣を歩く先輩が、私を見守ってくれる先輩が……大好きだったんだ。

『サキ様……』

「ネル……私気が付いちゃった……これはリリア先輩の言う通り、恋心だったんだ……」

ラロック先輩の許嫁《いいなずけ》であるリリア先輩にかつて、レオン先輩のことを相談した時に言われたことが、今になって理解できた。

先輩といると落ち着く……先輩の声を聞くと安心する……先輩と……ずっと一緒にいたい。

先輩が傷つくと悲しい……傷つかないでほしい……だって自分のこと以上に悲しいから。

でも、今さらこんなこと気が付いたって――

「もう遅いね。先輩が私のことを……」

『利用するために仲良くしてくれてたって知っちゃったんだから』という言葉は、あまりに悲しくて口にできなかった。

でも、ネルは優しく微笑んで言う。

『そんなことはないと思いますよ。人間関係において遅過ぎる場合は、相手が亡《な》くなってしまった時くらいです。大丈夫、サキ様が今まで築いてきた関係は簡単に壊れてしまうようなものじゃないはず。今考えるべきことは、サキ様がどうしたいかでしょう』

私がしたいこと――私がやるべきこと。

「レオン先輩の気持ちを、確かめたい」

私の答えに、ネルは満足げに頷く。

『はい』

「先輩と、話がしたい」

本当に私のことを利用するつもりだったのか、真実を聞きたい。

『はい』

「先輩に、気持ちを伝えたい」

本当は私ともっと一緒にいてほしいって、伝えたい。

ネルは私の腕を抜け出し、尻尾で涙を拭《ぬぐ》ってくれる。

『では、こんなところにいてはいけませんね』

「うん」

『悲しんでるだけではいけませんね』

「うん」

『サキ様はいい子です。きっとうまくいきますよ』

ネルが私の頬を舐めて笑う。

釣られて私も笑顔になった。

「戻ろう、王都に」

『はい』

ネルを肩に載せ、扉を開けようとした瞬間――外から木々が薙ぎ倒される音が聞こえてきた。

「何っ⁉」

私は何が起きたのかを確かめようと、外へ出る。

森は、魔物たちによってボロボロに蹂躙《じゅうりん》されていた。

鳥、犬、猪《いのしし》……他にも小型中型の魔物が、ざっと見ただけでも五十体以上はいる。

「何この魔物たち!?」

私の言葉に、ネルが答える。

『冒険者の間で、近くの森に魔物が大量発生したという報告が上がっておりました。報告内容からこの洞穴に辿り着くにはまだ幾分か時間がかかると思っていたのですが……』

これ、放っておいたらえらいことになるんじゃ……。

魔物たちが王都に到達した様子を思い浮かべると、悪寒《おかん》がした。

ここから王都まではまだ距離はあるけど……それでもここで食い止めなきゃマズい気がする。

「ネル、ここで止めるよ」

『サキ様一人では不可能でございます』

「でもこのままじゃ王都に向かっちゃうかもしれないじゃない！」

『ですが……』

いけない……気持ちが荒ぶっていたらまともな判断ができない。

私は大きく深呼吸して、心を落ち着かせる。

「ネル、報告は冒険者から上がってきたんだよね？　それなら当然討伐依頼が出ているか、討伐隊が作られてるんじゃゃないの？」

『確かにそのような話は出ていました』

「それじゃあ、その人たちが来るまでの時間稼ぎをしつつ、数を減らした方がいいね」

『ですが、すでに夕刻であり部隊の編制にかかる時間や夜の行軍が危険なことを考慮しますと、討伐隊が動き出すのは早くて明日の朝かと思われます。一日中戦うわけにもいかないでしょう』

ネルと議論しているうちに魔物の一体が私に気付いた。

「第四《クアル》フレア！」

襲い掛かってきた犬型の魔物を倒すと、その音に気が付いたのか、魔物が一斉に私の方へと進行方向を変えた。

このままじゃ洞穴やクマノさんのお墓を魔物たちに荒らされてしまう。

「飛翔《ひしょう》！」

私は空を飛んで、魔物たちを引き連れつつ洞窟を離れる。

空から見ると、魔物の数が五十体どころではないことがわかり、息を呑む。

確かこの先に開けた場所があったはず！

下り立ったのは、昔クマノさんと組手をしていた場所。

地面に下りた私は、収納空間から愛刀・白風とうさ耳パーカーを取り出して装備する。

飛翔を使ったまま戦っても良かったが、下からの攻撃に意識を向けるのにまだ慣れていない。

空中を自由に飛び回る鳥型の魔物がいる以上、むしろ地上で戦う方が警戒する範囲を減らせるだろうという判断だ。

攫われたアニエちゃんを救い出した後に、王国へ迫る魔物と対峙《たいじ》したのを思い出す。

あの時と同じくらいの魔物の数だ。

そんな大量の魔物が、私目掛けて襲い掛かる。

私は先頭の犬型魔物に向かって魔法を放った。


『サキ様！　後方より鳥が二体、犬が四体来ます！』

「了解！」

鳥は見た感じ遠距離魔法攻撃が得意そうだ。これならパーカーのバリアで防げる。

警戒するのは犬の方！

「ネル流剣術スキル・【颪《おろし》】！」

一振りで犬型四体を倒し、鳥の方へ手を掲げる。

「第四フレア・ホーミング！」

同タイミングで、鳥の魔物も私に魔法を放ってきた。

私が放った炎弾は、鳥型魔物二体を追尾して仕留めた。

こちらに飛んできた魔法はパーカーのバリアで防ぐ。

深く息を吐く。

戦いが始まって三十分が過ぎた。

うさ耳パーカーと白風のおかげで以前より幾分マシかと思ったけど、全然そんなことはなかった。

魔力的負担は少なくなったが、それ以上に魔物の動きが複雑すぎて思考が追いつかないのだ。

野生の魔物とは思えないくらい統率が取れていて——本当に厄介！

今倒した鳥と犬だって、種族が違うのにタイミングを合わせて攻撃してきていたし。

「第六《セクル》アクア・【氷結《フリーズ》】！」

目の前に扇状《おうぎじょう》に水を広げ一気に魔物を凍結させた――のに、後ろに控えていた狐型《きつね》の魔物が炎を噴いたことで効果を弱められた。

ここまで大群で来られると、どこから手をつけていいかもわからない。

第九級《ノナル》で一気に倒そうとしたところで、大技を発動する隙を狙われてしまうだろう。

「ネル流剣術スキル・【刺々牙き】！」

凍《こお》った魔物たちが動き始める前に、どうにか白風で倒す。

余裕がない。動きにムラが出始めた。

体内の魔力量を一時的に増大させることで、脳や体の機能を向上させる技術――魔力解放で一気に……ダメ、長期戦を強いられたら動けなくなって殺される。

『サキ様、やはり無理です！　すぐに撤退してください！』

ネルに撤退を促されるが、魔物たちの連携の取れた動きを見ていると、王都に近づけてはならないという気持ちが強くなってしまう。

「だめ！　討伐隊が来るまで耐えるの！」

その瞬間背後から魔法が迫るが、パーカーの自動バリアが防いでくれる。

『もうあと二回分の攻撃しか防げません！』

「くっ……もう!?」

第五級の魔法ほどではないが鳥の魔物の攻撃力は高いから、バリアが相当削られてしまったらしい。

先に倒さなきゃ！

「飛翔！」

鳥の魔物がちょうど固まっているところに飛び込みつつ、白風を構える。

「ネル流魔剣術、【一刀《いっとう》・乱《らん》……風円《ふうえん》】！」

私を中心にして円形に風の斬撃を放ち、鳥の魔物を一気に倒そうとする――が、やはりまだ空中で技を繰り出すのは慣れていない。数体逃してしまう。

このままじゃ、埒《らち》があかない！

しかしその時、真下にいる魔物たちが突如発生した衝撃波によって刻まれる。

「何っ⁉」

衝撃波が飛んできた方へと目をやると、そこには禍々《まがまが》しい何かが立っていた。

◆

ギルドに着いた僕――レオンはすぐに冒険者側の受付へ向かう。

「すいません、今バタバタして――」

受付のお姉さんに対して、僕は勢い込んで聞く。

「突然すまない！　王都近辺の森で魔物が大量発生したという噂を聞いたんだけど、何か情報はないだろうか」

「情報が錯綜《さくそう》しておりますので……ギルドマスターと話すのが一番早いかと」

「では、ギルドマスターはどちらに？」

「もうすぐ戻ると思いますが……あ、ギルドマスター！」

ちょうど通りかかったウォーロンさんがこちらへやってくる。

事情を話すと、彼は今の状況を教えてくれた。

魔獣の目撃証言があった森は、ここから北西に馬車で半日移動したあたりに位置しているらしい。

依頼でその近くを通ったいくつかのパーティが、多くの魔物を発見してすぐに報告。

討伐隊を結成するに至ったそうだ。

「討伐隊はいつ出発するんですか？」

すぐにでも向かうのなら、それに同行させてもらうのが一番よいだろうという意図だったのだが、返ってきたのは期待外れの返事だった。

「早くて明日だろうな」

明日じゃあ遅すぎる。

それでも今は場所がわかっただけでよしとするしかないか。

「ありがとうございました」

「そうだ、レオン」

お礼を言って出ていこうとしたところを、ウォーロンさんに止められた。

「最近プローシュの姿を見ないんだ。何か知っているか？」

「プローシュ？　いえ、心当たりはありませんが……」

「そうか。どうやら家にも戻っていないらしく、こちらに連絡が来てな」

プローシュがいなくなった……？　今はそんなことどうでもいい。

……しかし、何か嫌な予感がする。

とはいえそれで足を止める時間がもったいない。

「……すまん、知らないならいいんだ。何かわかったら教えてくれ」

「わかりました、失礼します」


僕は次に研究所へ向かった。

とにかく必要な道具を持って、サキの元へ向かおう。

準備を整えていると、ちょうどキール、アリス、ティルナさんが研究所に戻ってきた。

「レオ兄、どうしたんだ？　どっか行くのか？」

「あれ？　サキお姉ちゃんは一緒じゃないの？」

僕を不思議そうに見ているキールとアリス。

だが、今は詳しいことを話す時間が惜しい。

「……サキとちょっといろいろあってね。研究所を出ていってしまったんだ。詳しいことは戻って僕は、サキに何を言うか考えながら王都を発《た》った。

馬を使うより、魔法で加速して走った方が圧倒的に速い。

ティルナさんの驚く声を背に受けながら研究所を出て、僕は王都の門へ向かった。

「え……レオン君⁉」

きてから話すよ。それじゃあ！」


走り始めて二時間ほど経っただろうか。

まだ森は見えてこない。

サキは空間魔法で一気に飛べるから、彼女が森に着いて三、四時間は経っているだろう。

くそっ！　こんなことなら兄さんの走り込みに、もっと付き合っておけばよかった！

今さらそんなことを後悔してもしょうがないが……。

ここは少し無理をしてでもサキの元へ向かうとしよう。

これまでは速度を高める【高速《クイック》】を使って移動していたが、もう一段速度を上げる！

魔力をゆっくり溜めて――

「第七《セブル》ユニク……【超高速《ハイクイック》】！」

周りの風景が、物すごい速度で後ろに流れていく。

前々から第七《セブル》級の魔法の練習はしていたけど、ここまでうまく発動できたのは今回が初めてかもしれない。

少しして森が見え始めた。

そして、森の少し手前で魔法を解く。

中から激しい戦闘音がする。それだけではない。

たくさんの嫌な魔力を感じる……この中でサキが戦っているというのか？

あまりに心配で、慌てて森へ入ろうとする僕の上に炎が降り注いだ。

「第六《セクル》ユニク・【無効《バニッシュ》】！」

特殊魔法で炎を全て消し飛ばしつつ、周囲を見回す。

「誰だっ！」

僕がノーチェの柄を握りつつ警戒を露わにすると、森の中から足音が聞こえてくる。

「誰かと思えば、こんなところで会うとはな……レオン」

黒いマントに身を包んだプローシュが、僕の前に立つ。

彼の左手には赤色に光る石が握られている。

「プローシュ……どうしてここに」

僕が問うと、プローシュは小馬鹿にするように鼻で笑った。

「それはこちらのセリフだ。王都から離れたこんな森にそんなに慌てて来るなんて、どうしたんだ？　額に汗まで浮かんでいるじゃないか」

「今は君に構っている場合じゃない。これで失礼するよ」

森の方へ足を動かすと、プローシュは僕に右手を向けた。

僕は問う。

「なんのつもりだ？」

「お前をこの森に入れるわけにはいかない」

いつも僕のことを目の敵《かたき》にしては何かと邪魔をしてくるやつだけど、ここまで本気で絡んでくるのはよほどの理由があるのか？　『入れるわけにはいかない』という言い方も引っかかる。

もしかして――

「君は魔物の大量発生に関係しているのか？」

「な……なぜそれを知っている⁉」

「やはりそうか。このタイミングでこの森に入れたくない理由があるとしたら、それかなと思ってね」

「……カマを掛けたのか」

「君が勝手に話しただけだろう」

プローシュは情報を漏らしてしまったことを失態だと思ったのか額に汗を浮かべるが、それでも、ニヤニヤとした笑みは崩さない。

僕は聞く。

「どうしてもそこを通す気はないのかい？」

「ない、と言ったら？」

「力尽くで通らせてもらう」

僕はそう口にして、ノーチェを鞘から引き抜いた。

「クックック……ちょうどこいつの試運転もしたかったところだ。いたぶってやるよ！」

プローシュが左手に握っていた赤色の石を掲げると、その輝きが一際強くなった。

◆

大量の魔物を屠《ほふ》った衝撃波を放った相手——それは、灰色の大きな熊《くま》だった。

その姿を見た瞬間、私——サキの思考はフリーズする。

だってその熊の腰あたりの毛並みは、私が森で暮らしていた時に仲良くしてくれた熊の子供——クマタロウくんと同様に白い。

以前この森を訪れた時に一度だけこの熊さんに出会ったことがある。彼はクマタロウくんとそのお母さんであるクマノさんのお墓をずっと守り続けてくれた熊さん……クマノさんの旦那《だんな》さんだ。

だけど、この間会った時とは様子が違う。なんだか……禍々しい気配を感じるのだ。

熊さんは魔物の大群に突っ込み、爪や牙、そして魔法で魔物たちを薙ぎ倒す。

魔物たちは遅れて彼を敵だと認識して、攻撃を始める。

しかし熊さんは、意にも介さず縦横《じゅうおう》無尽《むじん》に魔物たちを刻んでいく。

やがて、あまりに強大な力に恐れをなしたのだろう。大量にいた魔物たちは姿を消した。

先ほどまでここには大量の魔物が溢れていたわけだが、今ここに立っているのはクマノさんの旦

那さんだけだ。

たくさんの魔物の屍《しかばね》の上に立つ姿からは、まるで恐怖を具現化したかのような、暗い圧を感じる。

私は放心状態で地面に下りる。

熊さんは先ほどまでの暴れようが嘘だったかのように動かない。

でも、私はこれまでの彼の行動から確信してしまった。

間違いなく、魔物化してしまっているのだろうと。

言葉が出てこない。

すると、人の足音が聞こえてくる。

「はっはっはっ！　素晴《すば》らしい！　素晴らしい力だ！　これならばあのガキに勝利するのもわけはないことだ！」

どこかで聞いた声だ。

声の方を見ると、見覚えのある姿がそこにあった。

「なんであなたがここに……」

「ん？　貴様！　あの時のガキか！」

声の主は、フォルジュで私が白風を受け取る前に決闘をしたモーブとかいう剣士だ。

聖炎の試練に失敗したらその力を宿した武器は作ってもらえないというのに、それでもなお食い下がっていて、キールやアリスをバカにした挙句《あげく》に私に喧嘩《けんか》を吹っ掛けてきたやつである。

「どうしてここにいるの」

モーブは鼻を鳴らして、私を睨んだ。

「ふん、こいつの力を試すためにここに来たのだ。ここにはいい動物がたくさんいると聞いてな」

そう言ってモーブはポケットから不気味な光を放つブレスレットのようなものを取り出し、腕にはめた。

「美しいだろう？　この道具は魔物を操れるだけでなく、その力を持ち主に与えてくれる。それによって、魔力や筋力など様々な能力が底上げされるというわけさ。まぁ、私の魔力と相性のいい魔物を見つけるのに少々、苦労したがね」

「魔物を……見つける？」

「あぁ。貴様に一時の油断で負けてしまってから私は自らを鍛え直した。しかし、一度拒否されてしまえば聖炎の試練はもう受けられない。消化不良を抱えた私の元へ黒いフードを被った男が現れて、こいつと不思議な薬をくれたのだ」

モーブはそう言いながら小瓶を取り出す。

「これは動物を魔物に変える薬らしい。これを近くの川に流したんだ。川の水を飲んだ動物はゆっくりと魔物へと変化していくという寸法だ。そして私の魔力と相性が良ければ、効果を得られるし、そうでなくとも魔物であればこのブレスレットで操れる。私は聖炎の剣をも超える力を手に入れたのだよ！」

モーブの言葉に、怒りがふつふつとこみ上げてくるのを感じる。

それは私の心をどす黒く染め、体が震える。

「どうした？　恐怖で声も出せないか？」

モーブが言ってくる。

力を得る……たったそれだけのためにこの森の動物たちを、そしてクマノさんの旦那さんを人形にして操る……そんな人間を目の前に、落ち着いていられるわけがない。

「ふ、ふざ……」

「なんだ？　よく聞こえなかったなぁ」

小馬鹿にするようにニタニタと笑うモーブを睨みつけ、私は叫ぶ。

「ふざけないでよ！」

叫び声と共に、全身から魔力が溢れた。

私はモーブを倒すべく、白凪を構えた。

「ひ、ひぃ!?」

モーブは顔を引きつらせながら、尻餅《しりもち》をついた。

「この熊さんがどんな気持ちかも知らないで！　森の動物たちがどんな気持ちかも考えないで！　挙句力を得たかっただけ!?　命を冒涜《ぼうとく》するのも大概にして！」

「い、行け！　やつを倒せ！」

モーブが慌てて指示を出すと、さっきまでピクリとも動かなかった熊さんが私に向かって腕を振り下ろす。

私はそれを避けながら、モーブの方へ走り出す。

あの道具を壊すか奪うかすれば、熊さんの支配は解ける――？

わからないが、手がかりは今あれしかない。

間合いを詰めた私は白風を振り下ろそうとする。

しかし、背後から熊さんが爪で攻撃してきた。

大丈夫、パーカーが防いでくれるはず……。

そう思っていると、ネルの声が脳内に響く。

『サキ様、避けてください！』

「え？」

すでに体は攻撃体勢に入っていて、回避行動が取れない。

それでもどうにか振り向くと、熊さんの爪がパーカーのバリアを突き破って迫ってくるのが見えた。

とっさに熊さんの爪と自分の体の間に白風を滑《すべ》り込ませたけど、吹っ飛ばされてしまい木に背中を打ちつける。

『サキ様！　服の残りの魔力がありません！　やはりここは撤退を！』

ネルが必死に言ってくるけど、ここで退くわけにはいかない。

「大丈夫。パーカーで防げないのなら、それを想定して動けばいいだけ……」

会話をしている暇もなく、熊さんが再び襲いかかってくる。

「貴様なんぞに、もう負けはしない！」

熊さんの後ろに退避したモーブがそう喚《わめ》きながら腰から抜いた剣を振るっているが、だいぶ距離がある。

熊さんの攻撃を躱《かわ》して再びモーブに向かおうとした瞬間、ネルが私に警告を飛ばす。

『サキ様！　左に飛んでください！』

ネルに言われた通り左に飛ぶ。

一拍遅れて、私の後ろにあった木が倒れた。

「斬撃？　でも見えなかった……」

それに答えるように、モーブが高らかに言う。

「これが強化された私の魔法！　特殊魔法により斬撃《スラッシュ》を飛ばすことができるのだ！　私にうってつけの魔法だろう！」

なるほど……そういうことか。警戒する要素が一つ増えた。

もう森の中はすっかり暗い。

こんな中で遠くから飛んでくる斬撃を躱すのは至難の業《わざ》だろう。

でも大丈夫……強くなったって言っても、この前は余裕で倒せたんだから！

「第三《トリル》・セ・ライト！」

私は持続のワーズを使いつつ空中に光の玉を浮かべて、モーブの元へ再び走る。

明るくさえすれば、斬撃は躱せる！　まずはモーブを倒す！

「ネル流剣術スキル……おろ――」

「こっちばかり見ていていいのかね？」

技を繰り出そうとした瞬間、モーブがにやりと笑う。

私の背中に激しい痛みが走った。

◆

「第四《クアル》フレア・リング！」

「第四《クアル》ユニク・高速！」

プローシュが炎を大小様々な輪に成形して飛ばしてくる。

僕――レオンは高速で移動速度を上げてそれを躱した。

おかしい……プローシュはいつもただ炎を飛ばすだけで、繊細な魔力コントロールはできなかったはずだ。

あの怪しげな石のせいか？

なるべく温存したかったけど、そうは言ってられないようだ。

「行くよ、ノーチェ」

ノーチェが薄く光り出したのを見て、僕は構える。

「ネル流剣術スキル・【二刀・輪《りん》】」

ノーチェを横長の楕円《だえん》軌道《きどう》を描くように振るい、全ての炎を斬り飛ばす。

しかし、炎が消えた先にプローシュはいない。

「どこを見ている」

いつの間にかやつは後ろに回り込んでいたらしい。

僕は蹴り飛ばされる。

すぐに受け身を取って振り返るが、またしてもプローシュの姿はそこにない。

横から声がする。

「ははは！　いい、いいぞ！　体が軽い！　手足のように魔力を操れる！　そしてお前の動きは止まって見えるぞ！」

天を仰ぎながら笑うプローシュを見つつ、僕は焦りを感じていた。

こんなやつに時間を使っている場合じゃない。

早くサキの元へ行かなくてはならないというのに。

さっきも異常な魔力の高まりを森の方から感じた。

抜剣術を使うか……？

抜剣術を見せるということは、プローシュを始末することと同義だ。

流石に貴族家の子供を殺したら厄介だということくらいはわかる。

歯痒《はがゆ》い……早く行かなくてはいけない状況も、倒す手段があるのに使えないことも！

「ほら！　行くぞ！　第四《クアル》フレア・アロー！」

今度は炎の矢が高速で飛んでくる。

それらを躱すが、その隙に肉薄してきたプローシュが剣を振り下ろしてくる。

ノーチェで受け、鍔迫《つばぜ》り合いになり、プローシュと睨み合う。

「そんな道具で強くなって大喜びしているとは、おめでたい頭をしてるじゃないか」

僕の挑発に、しかしプローシュは乗ってこない。

「勝てばいいのだ。結局人は結果でしか評価しないのだからなぁ！」

——まずい、体勢を崩された！

プローシュは追《お》い討《う》ちをかけてくる。

どうにかもう一度ノーチェで受け、打ち合いの形に持ち込むが、中々攻撃に転じられない。

でたらめに振るわれるプローシュの剣筋は読み辛《づら》いし、これまでとは剣の速度も段違いだ。

迂闊《うかつ》に踏み込めない。

それでもどうにかやつの攻撃を凌《しの》ぎ続け、再度鍔迫り合い。

僕は言う。

「努力する人間をバカにするなんて、とても貴族の発言とは思えないな」

「黙れ！　才能を持ってるだけのお前に、何がわかると言うのだ！　お前の方こそ努力する人間を才能で踏み潰し、愚弄《ぐろう》する人間だろうが！」

その発言に少なからず怒りを覚える。

努力する人間を愚弄する……僕が？

僕は才能に胡坐《あぐら》をかいたことなどない！　こうして強くなれたのも、血の滲むような努力があっだからこそ！

努力を結果でしか評価できないと言い切り、怪しい道具の力を借りたお前には、わからないことだろうがな。

僕が怒りを込めて振るった斬撃を躱し、プローシュは距離を取った。

「サキ嬢も可哀想《かわいそう》なことだ。貴様のような人間に惹かれたせいで、侯爵家に狙われてなぁ」

「何……？　どういうことだ」

「なんだ？　知らないのか？　サキ嬢が開発している道具――スクロールと言ったか。あれを欲しがる貴族連中が結託《けったく》し、サキ嬢をなんとか手駒《てごま》にしようと躍起《やっき》になっている。だが、お前がそれを防いでいるんだろう？　だから偽情報を流してサキ嬢を疑心暗鬼《ぎしんあんき》にさせ、じわじわとお前たちをバラバラにしてやる予定だったわけだ。学園に通っている子供がいる家には軒並《のきな》み協力の話が来ているよ。それにしても、まさか最初の接触だけでこうもうまく仲違いしてくれるとは。お前らの絆《きずな》も大したことがなかったということらしい」

この事態を招いたのは、プローシュを含む貴族家連中だったのか。

だめだ、怒りを抑えられる気がしない……いや、もう抑える必要もないか。

こいつらはサキに危害を加えようとしている。サキを悲しませる原因を作ったのはこいつらだ。

そんな連中に、何を我慢《がまん》しなくちゃいけないんだ……？

気持ちが冷えていくのを感じる。

「もう……我慢はやめだ」

僕が睨むと、プローシュは一瞬たじろいだ。

「き、貴様がいくらすごんでも、今や私の方が力は上！　今すぐ貴様を――」

「黙れ」

僕はプローシュの横に一瞬で移動し、首元へ剣を振るう。

しかしプローシュは間一髪《かんいっぱつ》それを躱して、距離を取った。

「き、貴様……何をした！　速さが段違いじゃないか！」

「答える義理はない」

再度距離を詰め、プローシュに剣を振り下ろす。

彼は膝をついたがどうにかその一撃を受け、叫ぶ。

「な、なんだこの力はぁ！」

「お前のバカにする努力の結果さ」

「ふ、ふざけるなぁ！」

プローシュは、魔法を放つために左手を僕に向けてかざす。

「第五フレ――」

「遅い」

僕はプローシュの左腕を切り落とした。

「ああああぁぁぁぁ！　私の、私の腕がぁ！」

プローシュは、血が大量に噴き出す腕を押さえて叫ぶ。

ギャアギャアとうるさい……。

続いて、顔を蹴り飛ばす。

「黙ってろ、耳障りだ」

そう言いながら、僕は乱れた前髪をかき上げた。

プローシュはヒューヒューと荒い呼吸を繰り返しながら涙を流し、僕を睨む。

「き、貴様！　同じ貴族である俺にこんな――」

今度は右脚を切り飛ばした。

「ぎゃあああぁぁぁ！　あ、あしが、あ」

「黙れって言ってんだよ、僕は」

プローシュの右肩を地面に縫い付けるようにノーチェを突き刺しながら、反対の手で彼の口を押さえる。

「僕の質問に答えろ。イエスなら首を縦《たて》に、ノーなら横に動かせ」

プローシュは涙と鼻水をダラダラと流しながら、首を縦に振る。

僕はそれを見てから、質問する。

「お前の元に来た侯爵家はフェルドランド侯爵、もしくはスコーティエ侯爵のどちらかか？」

首を縦に振るプローシュ。

やはりあの二家が主犯か。

「他の店員に危害を加えるような計画を耳にしたか？」

プローシュは頷く。

思わず彼の口を押さえる手に力が入る。

あの人たちはもう彼女にとって……いや、僕にとっても大切な存在だ。

小汚い貴族どもに狙われているというだけで虫唾《むしず》が走る。

僕はプローシュから手を離した。

プローシュは咳《せ》き込みながら、痛みのあまり呻き声を上げる。

「よくわかった。せめてもの礼だ。一瞬であの世に送ってやる」

そう言いながらノーチェを鞘に納めつつ近付くと、プローシュは悲鳴を上げ、這《は》いずりながら逃げる。

「ぐ、ぐるなぁ！　だ、誰がだずけ」

「後ろ向きならこの剣を見られることもない……まぁ、今から死ぬお前にならら見られても構わないわけだが。抜剣術・【刹那《せつな》】」

しかし、首にノーチェが触れる寸前で森の中のサキの魔力が膨れ上がったのを感知した。

腕が止まる。もしサキだったらどうするだろうかと、考えてしまったのだ。

もし僕が貴族家の人間を殺したと知ったら、サキは僕のことをどう思うだろうか、と。

僕はノーチェに付着した血を払い、鞘に納める。

プローシュは、気絶してしまったようだ。

僕はプローシュの切断された手足を持ってきて、切断面同士をくっつける。

そして鞄から一つの小瓶を取り出して、そこにかけた。

するると、手足は元通りにくっつき、傷も消えていく。

サキお手製の回復薬……使っちゃったな。一本しかなかったのに。

『先輩はすぐに無理しそうですから、大怪我したらこれ使ってください。これなら手足が千切れてもくっついちゃいますから！』

『さらっと怖いことを……』

回復薬をもらった時のサキとの会話を思い出すと、冷めきっていた心が少しだけ温かさを取り戻した。

僕は、森の方を向く。

「二度と僕たちに関わるな」

プローシュに告げてから、森に向かって駆け出した。


走っていると、周囲が段々明るくなっていく。

もしかして、サキの光魔法が光源だろうか。

雨のせいで地面はぬかるんでいるが、ここまで照らされていれば問題なく走れる。

やがて、開けた場所に出た。

真っ先に目に入ったのは、背中に大きな傷を負ったサキの姿。

次いで、倒れている彼女の横で刀を振りかぶる男の存在に気付く。

「死ねぇ！」

男が刃を振り下ろす。

間に合えっ！

8　真の傀儡師《くぐつし》

「超高速！」

ノーチェを引き抜きながら一瞬でサキの元まで移動した僕は、男の剣を弾いた。

そして、サキを腕に抱いて、距離を取る。

「サキ！　サキ！」

「う、うぅ……」

反応があった。

よかった……。

僕はすぐにサキの傷口に手をかざす。

「第四《クアル》ユニク・【治癒加速《ヒールアクセラ》】」

前にリベリオンの幹部であるグレゴワルと戦った際に使った、治癒力を加速させる魔法をスキル化しておいてよかったと心底感じる。

サキの傷はみるみる塞がり、呼吸も安定した。

僕は胸を撫で下ろしてから、サキを襲っていた男に視線を向ける。

その男には、見覚えがあった。

こいつは確か、フォルジュにいたモーブとかいうやつだったか……？

「次から次へと……今日は邪魔ばかり入る」

モーブはやれやれとため息を吐いた。

僕は怒気を込めて聞く。

「何が目的だ」

「目的？　私に合う魔物を見つけることと、試し斬りだな」

私に合う魔物……どういう意味だ？

そう思いながら視線を横に向けると、奇妙なくらい静かだが禍々しい気配を持つ熊がいることに気付く。

……もしやあれを操っているってことか？

ともかく、一旦サキの安全を確保しなければ。

僕は上着を脱いでサキの頭の下に敷き、立ち上がる。

すると右頬に柔らかい感触が。

右を向くと、いつもサキにしているようにネルが肩の上に載っていた。

『微力ながら、サポートいたします』

「……助かるよ」

先ほどあんなことがあったばかりだから、少し気まずいな……というか彼女も僕に力を貸すのは本意ではないんじゃないだろうか？

そう考えていると、ネルは前を向いたまま言う。

『先ほどのことはお気になさらず。ここに来たということはサキ様の身を案じてのことでしょう？　裏切り云々《うんぬん》の話は置いておいて、私もサキ様をお守りしたい。利害の一致というやつです』

考えを読まれた……。

でも、そう言ってくれるならありがたい。

「ふん！　猫に構う余裕があるとは、危機感がないなぁ！　やれ！　そいつもガキとまとめて蹴散らせ！」

モーブが言うと、熊は僕の方へ襲いかかってくる。

「ネル、サキにバリアを張ることはできるかい？」

『残念ながら私はある制約によって、基本的にはサキ様を直接お守りできないのです。なので、今から私の伝える通りのイメージで魔法を使用していただけないでしょうか』

僕は攻撃を避けつつ、ネルの説明を聞いた。

しかし、その内容はあまりにも現実離れしていて――

「そんなこと……可能なのかい？」

『私が考察した結果、可能であると判断しました。あなたならできると踏んでいるのです』

ネルから圧を感じる……。

でも、少しは信頼してくれているということかな？

裏切るわけにはいかないな。

僕は、ネルに言われた魔法を唱えた。

「わかった。第七《セブル》クロック・エア」

僕が使ったのは、時間魔法と呼ばれる聞いたことのない魔法。

サキの周りに空気の膜《まく》を作り、その時間を止めるイメージ。

ネル曰く、時間を止められたものは動きを封じられる。それはつまり、外部から干渉できなくなるということ。故に攻撃を、通さない。

後で詳しい理屈を聞くとして……この魔法、維持するだけでもかなりの集中力がいる。

長くは持たなそうだ。

『魔法の発動は成功しました。今のうちにたたみかけましょう』

……ネル、簡単に言ってくれるね。

『今のうちに』って言っているということは、僕に余裕がないことまで見抜かれているみたいだけど。

僕はモーブに一瞬で接近し、剣を振り下ろす。

しかしモーブはそれをいとも簡単に受けた。

どこかの剣術流派の免許皆伝《めんきょかいでん》だとか言っていたか。基礎《きそ》がしっかりしている分、プローシュよりもずっと強い。

膠着《こうちゃく》状態になる。

「なんだ？　プローシュのやつはやられたのか？」

モーブはそう口にした。

プローシュの名前が出た時点で、魔物が大量に発生した件について何か知っていることは確実。

「プローシュに一体何を吹き込んだんだ？　あの自尊心の塊はよほどのメリットがないと言うことを聞かなかっただろう？」

「やつとは、偶然協力関係にあることがわかって行動を共にしただけ。その質問はお門違《かどちが》いってやつだよ」

「協力関係？　僕たちに痛い目に遭わされた者同士で復讐しにきたって感じかな？」

「そんなチンケなものではない！　私たちは互いのプライドと尊厳を取り戻すために立ち上がった同志なのだ！」

僕はモーブの剣を上に弾き、距離を取る。

モーブは続ける。

「私たちは力を手に入れたかった。そのためには大量の魔物の中から自分に合う個体を吟味《ぎんみ》することが必要だった。プローシュも同様だ。だが、中々ピタリとくる個体を引き当てるのは難しい。適合しなかった魔物たちもいるわけだが、そいつらは王都付近まで誘導する予定だ。力を手に入れた私たちがそれらを討伐すれば失った名声も取り戻せるというものよ」

正直前半は何を言っているのかわからなかった。

だが、他人の道具で得た力で魔物を作り、自作自演で手柄を立てたいというなんとなくの流れは理解できる。

どこまでも腐った連中め……。

自分が何をしようとしているのか、わかっているのか。

欲や保身のために、魔物をけしかけ罪のない人々を危険に晒《さら》しているんだぞ⁉

「さぁ、ここまで話してやった見返りはその命だ。やれ！　そいつを八《や》つ裂《ざ》きにしろ！」

モーブが指示を出すと、熊が動き出す。

警戒してノーチェを構えたが、熊は僕を素通りしてモーブに向かった。

「な、なぜこちらに来る⁉」

彼にとっても予想外だったのか、モーブは慌てた声を上げる。

そして熊は前脚を振るった。

「ゴハッ！」

モーブは吹っ飛ばされた挙句、木に背中を強《したた》かに打ち付け、気絶した。

熊は、グルルルと唸りながらこちらを向いた。

僕は生唾を呑み込む。

「ネル？　あれはいったい……」

『私にもわかりません。モーブの所持していたあの道具は、確かに効力を発揮していたはずですが……』

その瞬間、嫌な気配を感じて叫ぶ。

「──っ⁉　誰だ！」

現れたのは、黒いローブに身を包んだ女。

女はフードを脱ぐと、口元に手を当ててクスクスと笑う。

「やっぱり三流流派の剣士と中途半端な貴族の息子なんてこの程度よね。あぁ、最後のは笑えた。あの道具に魔物を自在に操るほどの効果なんてない。ほとんど私が操ってるようなものなのに、それに気付かずにずっと自分で操作してると思い込むなんて、バカだよねぇ。あなたもそう思わない？」

女はそう言って、僕の方を見る。

年齢は二つ上の兄さんより少し上くらいだろうか。無警戒に見えて、その実隙がない。

その上サキや王様とは違う、禍々しく恐怖すら感じる異様な魔力……只者《ただもの》じゃないのは確かだ。

「何者だ」

僕の問いに、女は唇《くちびる》を舐めてから答える。

「私はリベリオン幹部、チューレ・パペルト。まぁ幹部になったのはついこの前なんだけどね。あなたはレオンくんで間違いないよね？　クロード家の」

リベリオンの幹部ということは、グレゴワルと同等の実力者か。

倒せるか……？　しかもサキを守りつつだぞ。

背中を嫌な汗が伝うのを感じつつ、僕は口を開く。

「そうだ」

「そう！　よかったぁ」

最悪僕がこの戦いで死んでもネルに情報を託して王都に持ち帰ってもらえばいい。

なんでもいいから情報を得るんだ。

そう思い、ひとまず会話を続けることを選択した。

「なぜ僕を捜していたんだ？」

チューレは僕の意図を知ってか知らずか、楽しそうに言う。

「それが私もよくわからないんだよね。ただ、ミシュ先輩から今後の計画の邪魔になるからブラックリストに載っているやつを始末してこいーって言われて」

チューレは胸元から小さい本を取り出した。

サキや王家の報告と照らして考えれば、ミシュ先輩というのはリベリオンの幹部であるミシュリーヌのことで間違いないだろう。そのミシュリーヌは今、同じく幹部であるロンズデールに体を乗っ取られているはず。

チューレは続ける。

「それで、どーれーにーしーよーおーかーなーってページを開いたらちょうどあなたの名前があったんだよ」

ネルが真剣な口調で言う。

『レオン様、可能であればあのリストを……』

「わかってる」

今後狙われるであろう人物が載ったリストを手に入れられれば、リベリオンの狙いはかなり読めるはず。

そう思いながらノーチェを軽く握ると、チューレも構える。

……参ったな。たったこれだけの動きで僕の行動を読むか。

「お？　もう始める？　私結構強いんだよ」

チューレの軽口に、僕は苦笑いをして答える。

「そのようだね」

相手を殺さずに捕縛《ほばく》できるならそれに越したことはないが、そんな余裕はないだろう。

どころか勝てるかどうかすら……いや、マイナスなことを考えるな！

「抜剣術・【落雷《らくらい》】」

僕は一気に踏み込みつつ、抜剣する。

しかし、チューレもそれをナイフでいなしてから後ろへ下がる。

抜剣術をナイフで受けただと⁉

チューレは木の上に登り、両手を広げた。

「危ないなぁ。それじゃあ次は私の番。第六《セクル》ユニク・【モンスターマペット】！」

チューレが魔法を唱えながら両手を動かすと、辺りの茂みがざわめき出した。

『レオン様！　六時の方向より光線の魔法、四時の方向より炎魔法、上方より風魔法が来ます！』

ネルが咄嗟《とっさ》に教えてくれたお陰で、初撃を避けることができた。

しかし、攻撃は終わらない。四方八方から次々と魔法が飛んできた。

僕はネルの手を借りつつ、反撃の隙を窺《うかが》いながら動き続ける。

それにしても、ここまでの戦いの疲労も重なり、動きが鈍《にぶ》いな。

「ほらほら～動かないと死んじゃうよー」

「くっ……！　第三《トリル》ユニク・斬撃！」

「おっと！」

木の上から魔物を操るチューレに向けて、先ほどモーブが使った斬撃を飛ばす魔法を放ってみるが、チューレは鳥型魔物を盾にした。

「ふぅー、危ないなぁ。さすが公爵家！　動きが違うねぇ」

「使い捨てるように命を犠牲にして、心は痛まないのかい？」

僕の質問に対して、チューレはきょとんとした後に口を開く。

「え？　どうして？　この子たちは私の言うことを聞く可愛いお人形さんだけど、死んだら新しい《こわれた》のを用意すればいいだけじゃない。お気に入りの子がいなくなるとちょっと悲しいけど。あ、少し前にも可愛い色のフレアフォックスとライトバードがいたんだけどね、実験に使っていたら誰かに倒されちゃったみたいでさ～。あの子たちは毛並みが綺麗だったから、ちょっとショックだったよ～」

なるほど……旅行の帰りに遭遇した魔物はこいつの仕業だったわけだ。

魔物にだって命がある。そもそも元はなんの罪もない動物たちだ。

それを、まるでおもちゃのように扱うこいつは許しちゃいけない悪だ。

僕は高速で加速して、仕掛ける。

「第七《セブル》クロック・エア」

一定範囲の空気の時間を止め、それを足場に一気に距離を詰める。

落雷は止められた。

なら、受けられたとしても効果のある技を使うまで！

ノーチェを鞘に納めならが集中を高め——

「抜剣術・【残響《ざんきょう》】」

この技ならナイフで防いでも、振動によってダメージを与えられる。

しかし、チューレはニヤリと笑みを浮かべた。

「かかったね！」

『レオン様！　後ろです！』

ネルの声を聞いて振り返ると、飛び上がった熊が鋭い爪を僕の背中に伸ばしているところだった。

空中での回避は不可。

それどころか、もう攻撃動作に入ってしまっている。

魔法を放とうにも、一瞬では大規模なものは使えない。

それなら――

「――はぁっ！」

僕はどうにか身を捻り、残響の矛先を熊に向けることでギリギリ体の位置をずらし、回避した。

ノーチェは熊の右前脚を掠めたが、熊の爪も僕の左腕を捉えた。だが、どちらも致命傷には至らない。

なんとか受身を取りながら地面に下りた僕は、一度距離を取る。

「えー今ので倒せないの？」

チューレは心底残念そうにため息を吐く。

熊を見ると、右前脚から血が流れている。

だが、僕の左腕にも血が滲んでいた。予想よりも傷は深そうだ。

『レオン様、左腕の治療を』

「いや、魔力が少ない。この治療のために魔力を使うわけにはいかない」

ネルにそう伝えた僕は服を破き、口と右手を使い傷口を縛る。

「あーあ、熊さんにおっきい傷がついちゃった。ちょっとお気に入りだったのに……もういいや、いらない」

チューレが人差し指をぴっと立てると、熊は左前脚で自らの胸を突き刺した。

◆

「ん……」

私は……モーブと戦ってて、それで！

ガバッと起き上がると、目に飛び込んできたのは熊さんが自らの胸を突き刺す姿だった。

私——サキはあまりに衝撃的な光景を前に、声すら上げられない。

クマノさんの旦那さんが！　嘘でしょ……？　どういうことなの……？

いや、でも死んではいないみたいだ。むしろ魔力が溢れてきている……？

混乱の最中、周囲を見回すと腕から血を流すレオン先輩に気付く。

レオン先輩がまた私を守るために戦って、傷ついている。

その肩にはネルが載っていた。

「あら、お姫様がお目覚めね」

上から声がした。

木の上へ視線を向けると、そこにはローブを羽織った女性がいて、私を見てクスクスと笑っている。

今がどんな状況かを理解しようとするが……それを待たずして熊さんから大量の魔力が溢れ出した。

「何をしたんだ⁉」

レオン先輩の言葉に対して、ローブの女は楽しそうに答える。

「ふふふ……魔物の体内にある魔石と、自然にできる魔石の違いは知ってる？　魔物の魔石はね、実は二層になってるんだよ。内側は元々心臓だったところが圧縮された部分、外側が溢れた魔力が付着して結晶化した部分――私たちはこれを『核《かく》』と『殻《から》』と呼称するわ。核が剝き出しになっているると、体内に巡る魔力が多すぎて、魔物はすぐに死んでしまうから、殻によって蓋《ふた》がされているような感じね。でも今この子はその殻を自分で壊したの。私たちはこれを『暴走《バーサク》』って呼んでる。ま、さっき言った通りすぐに死んじゃうから、この状態は長くは持たないんだけどね」

なんとかしないと！

私は立ち上がり、走り出そうとしたところで、見えない壁《かべ》に頭をぶつけてしまう。

「痛っ！　何……この壁」

『サキ様！』

ネルが私の元にテレポートしてきた。

「ネル！　状況説明！　ううん、それよりも早くクマノさんの旦那さんを止めないと！　手伝って！」

『……恐れながら、できかねます』

「え……」

ネルが私の言うことを断るなんて初めてだ。

『サキ様の安全を保証できない状態で、あの者と戦わせるわけにはいきません』

「でも！」

『私は！　サキ様にあの熊と戦ってほしくないんですよ……』

ネルは下を向いて、最後は絞《しぼ》り出すようにしながら私に伝える。

私の願いを叶えたいけれど、それは私の身を危険に晒すことと同義。

そんな矛盾《むじゅん》に心を痛めているというのが、切ないほど伝わってくる。

でも、だからって私も見てるだけなんてできない！

「それでも――」

『させません！』

空間魔法で壁の外に出ようとしたが、発動しない。

ネルは言う。

『この壁にサキ様の空間魔法のみを阻害《そがい》する術式を施しました。あの者たちは私とレオン様で対処いたします』

「ネル！」

『サキ様……申し訳ございません』

ネルはそれだけ言い残して再びレオン先輩の肩にテレポートした。

◆

「いいのかい？」

僕――レオンの問いに、ネルは悲しそうな声で答える。

『……仕方のないことです』

「サキがさっき言っていたことを踏まえるに、あの熊はやっぱり……」

僕は前にサキから聞いた森の熊の親子の話を思い出した。

クマノという母とその子であるクマタロウという子熊の名前は知っていたが、父熊がいるなんて話は聞いたことがなかった。

だが、まさかクマノと同じようにリベリオンの手によって魔物にされ、サキの前に現れるなんて……醜悪《しゅうあく》この上ない。

おそらくあの熊はサキにとっては巨大クラーケンよりも脅威《きょうい》だろう。

それなら、僕が相手をするほかない。

『レオン様、やっていただけますか？』

僕は、頷く。

「そろそろおしゃべりは終わりでいいかな？　それじゃあ――行くね！」

そう告げてチューレが人差し指と中指を揃えて立てると熊は大きく咆哮《ほうこう》し、大量の魔法陣を展開してきた。

『あの魔法陣から特殊属性の斬撃が飛んできます』

「めちゃくちゃだね」

魔法陣の数は十や二十ではきかない。

サイズは大きくないものの、ここら一帯が切り刻まれるのは想像に難《かた》くない。

それならこちらに飛んでくるタイミングで無効を使って――

『タイミングは指示いたします』

僕の考えを読んで、ネルがそう言った。

「よろしく頼むよ」

僕はそう告げて魔法をすぐに発動できる状態にしつつ、熊へ向かって走り出す。

魔法陣から、斬撃の雨が放たれた。

『今です』

「第六《セクル》ユニク・無効」

ネルの合図と共に魔法を前方に放つと、斬撃は全て消し飛んだ。

まだ少し距離はあるものの、熊が次の魔法を放つより、僕が攻撃する方が早い！

「抜剣術……」

「やめてぇ！」

突如耳に届いたサキの声に、一瞬体が固まる。

『レオン様！』

ネルの叫び声が、他人事《ひとごと》のように頭に響いた。

「止まったねぇ！」

チューレがそう言いながら手を動かすと、熊はもう一度魔法陣から斬撃を放ちながらこちらへ突進してくる。

僕はノーチェと特殊魔法で斬撃を防ぎつつ、後退する。

しかし熊は着実に僕との距離を詰めてくる。

『レオン様！　サキ様のことは気にせず――』

「わかってる。次は確実にやる」

とは言っても、こちらは体力魔力共にギリギリ。

先ほどの攻撃が最後のチャンスだったかもしれない。

……いや、余計なことは考えるな。チャンスは作るものだ。

考えろ……残りの斬撃の数、熊のスピード、チューレの位置……。

あらゆる可能性を考慮し、利用しろ。

「せっかくのチャンスを逃しちゃうなんてもったいなーい」

けらけら笑いながらそう口にするチューレに、僕は嘯《うそぶ》く。

「チャンスなんて、いくらでも作れるさ」

「そう？　じゃあもう少しハードにするねぇ～」

チューレの言葉に合わせて、周囲の魔物が動き出す。

「熊だけでもあんなに苦戦していたけど、対応できるかなぁ？」

冗談じゃない……冗談じゃないぞ！

このままじゃ追い詰められる一方だ。

僕は投げやりになりそうな思考をどうにか律しながら、ネルに問う。

「ネル、あの魔法の仕組みはわかるかい？」

『魔物に魔力の糸を伸ばし操作する魔法のようです。糸を切ってもすぐに繋ぎ直せますし、魔力消費も少ない。良い魔法です』

なるほど……だが、それなら奥の手は通用しそうだな。

あんまり使いたくなかったが……仕方ない。

僕は残り少ない魔力をかき集め、魔法を発動する。

「魔力解放……第七《セブル》ユニク・霧纏《むてん》」

体を覆《おお》うように魔力が溢れ出した。

そして、周囲から飛んでくる魔法は僕の魔力に触れた瞬間に霧散《むさん》した。

この魔法はサキが使っていた、反対の属性の魔力を展開して、攻撃を無効化する魔法——【アンチオブベール】から着想を得て開発した、無効の上位互換に当たる魔法だ。

無効は特殊属性の魔力をぶつけて相手の魔法を消し飛ばすが、その分発動タイミングが非常にシビアで使い所が限られる。

それに対して霧纏は、身に纏った魔力に触れた魔法を打ち消す。

とはいえ魔力消費が多く、持続時間だって短いので慣れていないうちは、戦闘で使うのは避けたかった。それに、干渉できる範囲が狭いのも難点だ。

今回だって、僕を狙った魔力攻撃は打ち消せるが、魔物を操っている魔力の糸までは干渉できないだろう。

「えー何その魔法～！　ずるーい!!」

チューレはそう言いながら魔物たちを使って、再び全方囲からの魔法攻撃を仕掛けつつ、熊も僕に向かわせる。

この魔法を使う以上は、本当にのんびりしていられない。

普段の練習では、魔法を発動して三十分も維持できれば上出来といった感じだった。

だが、今の魔力量を考慮すると……持って二分くらいだろう。

この二分間で熊を倒す！

接近する熊を始めとした魔物の攻撃を避けながら、どうにか熊を倒す一撃を放てないか考え続ける。

――あと一分。

「むぅ……なかなか粘《ねば》るなぁ」

どうやら焦りが出てきたのか、熊の動きが段々と大振りになり、他の魔物の動きも精彩を欠いている。

残り三十秒……。

やがて、待っていた動き――右前脚による攻撃が来る。

この攻撃は、他の動きよりも隙が大きいのだ。

魔力はもう尽きかけているし、正真正銘《しょうしんしょうめい》の最後のチャンス――最後の一撃。

この技に全魔力を込める！

ノーチェを納刀した直後、熊と目が合う。

その目は正気を失っているものの、奥底に優しさを感じる。

迷うな！　この熊が彼女にとって大切な存在であっても……これで彼女が僕の前からいなくなったとしても！

「抜剣術魔纏《まてん》……【断閃《だんせん》】！」

右上に向かってノーチェを振り抜く。

少しの間を置いて、熊の首がゴロリと転がった。

「うわっとぉ⁉」

軌道上にいる木の上のチューレごと斬るつもりだったのに、間一髪で躱されたか。

ダメだ、もう魔力がない。

まぁ、ネルの言っていた通り、サキを裏切って勝手に行動した挙句、この事態を招いたのは僕なわけだし……自業自得《じごうじとく》かな。

チューレが楽しそうに言う。

「よくも私の熊ちゃんをー！」

体が傾《かし》ぐ。

魔物が迫る足音が、遠くに聞こえた。

9　レオン先輩の謝罪

レオン先輩が熊さんにトドメを刺すのを私――サキは透明な壁越しに見ていた。

先輩が戦うのを見ながら、熊さんの死を見届ける覚悟を決めていた。だから今度こそ声は発さなかった。

やがて壁がふっと消え、私は前に進めるようになる。

それを理解した瞬間、考えるよりも先に体が動いた。

あの女に魔物を操る隙を与えなければ、一旦魔物の動きは止まるはず！

白風を握り、魔力を手と足に集め、魔物を屠りながら木の上にいるローブの女へ向かって跳躍《ちょうやく》する。

「飛翔！」

「やばっ！」

女は逃げようとするが――遅い。

私は白風を構え、振るう。

「【一刀・乱】」

しかし、手ごたえはなかった。

紙一重《かみひとえ》で回避されたのだ。

女は負けじとナイフを取り出して私に向けて刺突を放つが、魔力を視認するスキル【魔視《まし》の眼《まなこ》】で手に魔力が集中しているのがわかったため、回避は容易だ。

初撃の突きを避けられた女は続けてナイフを振るうが、その全てを見切る。

私は彼女の足場になっている枝を切り落とす。

女は驚愕の表情を浮かべる。

私は空中で女の腹に刃を突き立てながら、地面に叩きつけた。

「げほっ！」

女は苦し気な声を漏らした。

「第三《トリル》ウィード」

草魔法で女を地面に拘束してから、私は白風を引き抜いた。

どうにか決着した、その実感と共に感情の激流が押し寄せる。

大好きなクマノさんの家族の命を、大好きな先輩が絶った。

その先輩をクマノさんの命を奪った組織の仲間が襲っている。

ぐちゃぐちゃだ……もう、考えるのも嫌……。

誰が味方だとか、敵だとか、わからなくなる。

考えたくない、知りたくない。

『ふふふ……そうそう、そんなのは考えなくたっていいのさ』

誰……？　思念伝達とは違う感じだけど……。

声に耳を傾けると、なんだかふわふわした気分になってきた。

『そいつはお前の大事なやつらを殺してきた連中だぞ。お前の大好きな男も殺そうとした』

そうだね、悪いやつだ。

『そうだそうだ。何も悩むことなんてないじゃないか。殺してしまおう』

それもそうだね。でもどうしよう。

私、人を殺したことなんてない。

『なーに、難しく考えなくたって大丈夫さ。さっき魔物を倒したように、その剣で斬ればいいんだよ』

それだけ？

『そうさ、それだけでいいんだ。こんなやつさっさと消して、忘れちゃおうぜ』

そうだね。それじゃあ……。

「さようなら」

私は、白風を女の首へ振り下ろす。

――カキン！

甲高い音が響いた。

「はぁ……はぁ……サキ」

白風はノーチェによって止められていた。

レオン先輩が苦しさと心配が入り混じったような表情で私を見ている。

次いで、何かが私を押し倒してきた。

「サキ様！」

私の胸の中に飛び込んできたのは、人型になったネルだった。

「サキ様！　正気に戻ってください！」

「何を言ってるの、ネル。私は冷静。興奮してるのは、ネルの方じゃない」

「いいえ！　サキ様は今、正気ではございません！　まるで何かに取り憑《つ》かれているようではありませんか！　私の知るサキ様はあんなに簡単に人を殺《あや》めようといたしません！　サキ様はそのような恐ろしい表情をいたしません！」

ネルが今まで見せたことのない泣きそうな顔になっている。

頭の中にかかっていた靄《もや》みたいな何かが、晴れていった。

私は今……人を殺そうとした？

自覚した途端、血の気が引いていく。

しかし、先ほどまでの私を肯定するような謎の声が頭の中に響く。

『なんだなんだ、気にしなくたっていいじゃないか。あいつは悪いやつだぞ。お前の好きな人を殺そうとしたんだ。あいつがいなかったらあの熊だって今頃あんなことになってないぞ』

何かに操られているかのように、私の意志とは関係なく首が横に動く。

視線の先にはクマノさんの旦那さんの亡骸《なきがら》がある。

その姿を見ると辛いし、悲しい……。

『全部あいつが悪いんだ。全部あいつらが仕組んだことだ。あいつらさえいなくなれば、あいつらがお前に関わりさえしなければこんなことは起きなかったんだ』

この謎の声を聞く度に、心の奥底にある憎しみが増幅されるように感じる。

憎しみはどんどん膨らみ、やがて私の思考を鈍らせていく。

「申し訳ございません！　申し訳ございません！　私が間違っていたのです！　私が悪いのです！　あの熊をレオン様に倒すように言ったのは私です！　どんな罰《ばつ》でもお受けします！　どんなことでもいたします！　だから……優しいサキ様に戻ってください……」

ネルは私の胸にしがみつきながら懇願《こんがん》してきた。彼女の目から零れた涙が私の服に染みを作る。

謎の声は、なおも頭の中で響き続ける。

『早くあいつを殺してしまえ。邪魔なやつ、憎いやつは殺してしまえばいいんだ。なんならそれを邪魔するこの女だってお前にかかればすぐに始末できる』

私はネルをじっと見る。

かつて感情のなかったこの子が、泣いてまで私のことを止めようとしてくれているのだ。

ネルだけじゃない。

先輩だって私のことを思って、道を踏みはずないように止めてくれたのだ。

『あぁ、もう考えるなよ。さっさとやっちまえよ』

ダメだよ。

『あぁん？』

人を……命をそんなに簡単に手にかけるなんてよくない。

『いいのか？　あいつらのせいであの熊が死んだ。あの男もたくさん怪我をした。元々は魔物たちを王都に向かわせてもっとたくさんの命を危険に晒そうとしていたんだ』

うん……わかってる。

『憎くないのか？　止めなくていいのか？　お前が今こいつを殺せば、少なくとも危険を一つ排せるというのに』

憎くないって言ったら嘘になる……止めなきゃいけないのもわかってる……でも、それはこの人の命を奪っていい理由にはならない。

『ふーん、それがお前の決断だな？』

うん。憎しみに身を委《ゆだ》ねる選択は間違ってるから。その証拠に生まれた時から傍《そば》にいてくれる家族と、私が初めて好きになった人がこんなに悲しい顔をしているもの。

だから私は、人を殺さない。

『はん、つまんねぇ。だが、評価してやる。もっとも、心の底から認めるのはお前がロンズデールに……あいつの元に辿り着いたらだけどな』

それだけ言い残して謎の声は聞こえなくなった。

……え？　ロンズデールって、あのリベリオンの幹部の？

いろいろと気になることはあるけれど、それより今はネルを泣き止ませなくちゃ。

私は上体を起こして、ネルのことを抱きしめる。

「ネル、ごめんね」

「サキ様……？」

「大切な従魔を泣かせるなんて、主人失格だね」

「サキ様！」

ネルは私に再び抱きついて、嗚咽《おえつ》した。

元々心がなかったネルが泣くなんて予想もしていなくて。

それだけ私のことを心配してくれていたのだと思うと、愛おしくてたまらなくなる。

そして私も、緊張の糸が解けたのか、泣き出してしまうのだった。


少しして、私とネルは立ち上がる。

先輩は、私たちが落ち着くまで、ローブの女を見張っていてくれた。

「もう元に戻ったみたいだね、サキ」

いつものように柔らかく、優しく微笑む先輩を見て、安心するのと同時に罪悪感で胸が痛む。

だって私が一方的に先輩のことを拒絶して怒鳴り、喚いたのが最後の会話だったのだ。

そんな私にいつもと変わらない笑顔を向けてくれるだなんて……。

それに、私は先輩のことが好きだって自覚してしまったのだ。

さっきまでとは違った意味で、頭がごちゃごちゃになってしまう。

先輩は鞘に納めたノーチェを杖代わりにふらふらと立ち上がる。

「先輩……あの」

私が何かを言いかけたその時、さっきの戦いの中で生み出した光魔法の効果が尽き、辺りは真っ暗になってしまう。

「あ、い、今すぐ明かりを……」

私はひとまずもう一度光魔法を使おうとして——先輩に抱きしめられた。

先輩の優しい匂いと、温もりを感じる。

「サキ、ごめん。僕が勝手なことばかりしたせいで、君を傷つけてしまって……でも、信じてほしい、僕は君を守りたかっただけなんだ」

先輩が謝るのを聞いて、目の奥が再び熱くなる。

先輩は続ける。

「それに、あの熊を助けることができなかった。君に嫌われてでも……君のことを守りたかった」

私が相手をしていたらそのまま殺されていたかもしれない。だから、先輩は悪くないのに。

「全部、僕の実力不足が招いた事態だ。本当にごめん……」

私は先輩の胸の中で、小さく首を横に振る。

「私の方が……ごめんなさい。急に飛び出して……迷惑かけて……私、嫌な子でごめんなさい……」

泣きながらただ謝ることしかできない私の頭をそっと撫でながら、先輩は言う。

「君は純粋で賢くて……何より優しい子だよ」

それからもう少しだけ抱き合い、レオン先輩は私から離れた。

そして女の方に視線をやって――

「さて、こいつを国に――⁉　サキ、明かりを！」

私が明かりをつけると、今さっきまで女がいたところには大穴だけしかない。

「まさか近くに仲間が……」

レオン先輩はそう呟いた。

抱き合ってはいたけど私と先輩、そしてネルだって気を抜いてはいなかった。

私と先輩の気配察知もネルと私の魔力感知にも気付かれずに仲間を回収するだなんて……やっぱりリベリオンは油断できない。

むしろこんなボロボロの状態で対敵するリスクを考えると、逃げてくれただけラッキーだったのかもしれないけど。

魔物はあらかた倒し終えたし、ひとまずは先輩を休ませてあげることの方が大切か。

「逃げられちゃいましたね……でも、こんな状態じゃあ仕方ないですよ。むしろ生きていることを喜びましょう！　とにかく先輩の傷を治さないと……」

私はあちこち傷を負っている先輩に肩を貸しつつ、かつての私の家へ向かった。

先輩を洞窟に案内した後、治療はネルに任せて私は熊さんや、他の魔物たちの処理に向かった。

魔物の死体をそのまま放置すると、新しい魔物が生まれる原因になるため、魔石を抜き取って処理しておかねばならない。

そう思いつつ先ほどまで戦っていた場所まで戻ると、伸びているモーブを発見した。

対象の状態を把握できるスキル【解析《かいせき》の心得《こころえ》】で怪我の様子を見ると、骨折《こっせつ》している箇所や打撲はあるものの命に別状なし。

草魔法で拘束し、私たちが王都に移動するまでは森の中に放置することにした。

おそらく先ほどの戦闘の影響で私や先輩、熊さんの魔力が漂《ただよ》っているから、それを恐れてこの場に近づく魔物はいないはずだ。

でも、事情を知らないモーブが目を覚ましたら、相当怖いはず。

正直もっとキツくお灸《きゅう》を据えてもいいかなってめちゃくちゃ迷ったんだけど、それこそ憎しみは何も生まないもんね。

魔物の魔石を取り終えて、死体を土魔法で一箇所に集めて炎魔法で焼却し終えた私は、改めて手を合わせる。

今日奪ってしまった命も、元はもしかしたらここに住んでいる時に戯《たわむ》れた子たちかもしれないと思うと、胸が苦しくなった。

そして、残るはクマノさんの旦那さんだけだ。

「ごめんなさい……」

私は熊さんのひび割れた魔石だけ取り出して、遺体を運ぶ。

クマノさんとクマタロウくんのお墓の隣に土魔法で穴を開け、遺体を埋めて墓石を立てる。

そして私は三匹のお墓の前で手を合わせ、目を瞑《つむ》る。

せめて、天国では三匹仲良く……。

しばらくして目を開けた私は、立ち上がり洞窟に向かって歩き出す。

『ありがとう』

そんな言葉が、お墓の方から聞こえた気がした。

「私も……ありがとう」

そう呟いた。

あの熊さんは、戦いの最中でも必死に抗っていたような気がする。

あなたたちのおかげで、私も私の大切な人も無事だよ。

ゆっくり……休んでね。

私は再び、洞窟へと歩き出した。


「ただいまぁ、ネル……」

かつての家へ戻り扉を開けると、まず目の前に飛び込んできたのは上半身裸でソファに座るレオン先輩の姿。

「ん？　あぁ、サキ、お疲れ様」

私は咄嗟に両手で目を塞いで後ろを向く。

「なっなんで裸なんですか!?」

先輩がいるの忘れてたぁ!?

それにしても先輩って意外と体がしっかりしてて肌が白いんだぁ……って、何を考えてるの私っ！

「ネルが隣の部屋に薬を取りにいってから、戻ってこないんだよ」

そう笑う先輩に、私は言う。

「え、あぁそうなんですか……それなら……」

私は収納空間から回復薬を取り出そうとするが、よくよく見ると先輩は体のあちこち傷だらけだ。

特に腕の傷は深い。

肉体的な疲労も蓄積されていそうだし、薬より魔法の方がいいかな。

「先輩、服は着ちゃって大丈夫です」

私は収納空間を閉じて、先輩の隣に座り手を向ける。

「動かないでくださいね。第五《クイル》ヒール」

腕から順に、目立つ傷を全て治していく。

治療が終わると先輩は肩を回したり、手を何度か閉じたり開いたりしてから私に微笑んだ。

「さすが、お姫様の先生なだけあるね」

「このくらいの怪我で済んでいる先輩の方がおかしいんですけどね……」

それからしばらくの間、沈黙が流れた。

うぅ……いざ二人きりにされると何を話していいのかわからないよぉ。

それでも、切り出さなきゃ！

「あ、あの、先ぱ――」

なぜかそんなタイミングで、先輩は何も言わずに私を押し倒してきた。

え、えぇぇー⁉　な、何これどゆこと⁉

せ、先輩の顔がすぐ隣にある⁉　ふぁあ、なんかいい匂いする！　あぁぁぁ心臓が破裂するぅ！

わ、私今から何されるの⁉　まさかこれが前にレリアさんに借りた本にあった男の人の据え膳食わぬはってやつ⁉

心の準備が……で、でも先輩にだったら私……。

思考がぐるぐると巡る中、ふと先輩に意識を向けると、なんだか違和感を覚えた。

落ち着いて耳を澄ますと、穏やかな呼吸が聞こえてくる。

……なぁんだ、眠っちゃってもたれかかってきただけかぁ！

さっきまで考えていたことを思い出して急に恥ずかしくなり、顔が熱くなる。

そんな時、ガチャっと奥の扉が開く音が聞こえた。

「レオン様、お待たせしま……サキ様？　何をされているのですか？」

固まっているネルに、苦笑いを向ける。

「せ、先輩に回復魔法をかけたらこうなって……」

「……お邪魔でしたか？」

「変に気を遣っている暇があるなら早く助けてぇ！」


ネルの手助けもありつつ、どうにか私は先輩の体の下から抜け出した。

ひとまず先輩をソファに寝かせて、ブランケットをかけてから、空調の魔法を使う。

向かいのソファに腰掛け、深呼吸を何度かして落ち着いた頃に、ネルがティーポットとカップを持って私の隣に座り、紅茶を淹れてくれた。

「ありがとう、ネル」

「いいえ。サキ様、すでにお気付きになられていると思うのですが、サキ様はレオン様に対して、勘違いをしておられました」

「……うん、そうだね。あんなにボロボロになって、こんなにヘトヘトになって守りにきてくれたんだもん。きっと、先輩は私のことちゃんと大切に思ってくれてるんだよね。ネル、教えて。先輩に起きたことと、私が何を間違っていたのかも！」

本当は先輩本人から聞きたかったけど、寝ているのを叩き起こせるわけもないしね。

「かしこまりました」

それからネルにいろいろと説明をしてもらった。

私のことを陥《おとし》れようとした貴族家がいたこと、先輩はやっぱり私のことを守ろうと動いていたこと、私が勘違いしたこと、その根本には私の精神の不安定さがあったこと……。

　全てを聞き終えて、私は先輩がどれだけ私のことを大切に思ってくれていたかを知り、嬉しくなった。

　でも、それと同じくらい先輩が私に相談せずに話を進めたことに悲しくなった。

「私は……そんなに頼りないのかな……」

「そんなことはありません。ただ、サキ様は皆様に愛されすぎてるだけなのです。皆様、サキ様にずっと笑っていてほしいと思っているのですよ。だからレオン様が起きた時、そのような表情をなさらないように」

　ネルはそう言って私の両頬を両手で包み込む。

「わかった……ありがとう、ネル」

　私がお礼を言うと、ネルも柔らかい笑みを浮かべる。

　ネルが手を離して紅茶のおかわりを淹れようとした時、先輩がゆっくりと目を開いた。

　起き上がった先輩は私の方を見て、申し訳なさそうに頭を下げた。

「ごめん、思っていたより疲れていたみたいだ」

「そんな、全然……私の方こそすみませんでした。ネルに聞きました。私が変に勘違いしなかったらよかったのに……ちゃんと先輩の話を聞いたらよかったのに……」

　私の謝罪に対して、先輩は少し笑って首を横に振る。

「いや、ネルに言われて僕も反省したよ。サキを守るために自分が頑張ればいい、守ってあげたいって思ってたんだ。でも、それは君を軽んじていることと同義だったんだね。ごめんよ」

なんだかお互いに謝っている状況がおかしくて、私は思わず微笑んでしまう。

「先輩、私のお願い聞いてくれますか？」

「僕にできることなら」

「貴族家から私のことを守ってくれるのはすごく嬉しいです。でも、私は守られるだけなんて嫌です。何かあったら私にいろいろ教えてください。貴族家のこととか、公爵家としての立ち居振る舞いとか。先輩が一人だけで頑張らなくてもいいように、私も一緒に頑張れるように。だから、隠し事なんてしないでください……お願いします」

今まで、貴族関係の問題に巻き込まれないよう、パパが守ってくれていた。

でも、先輩にまでそうやって気を遣わせてしまうのは……なんか嫌だ。

それにこの一件でわかったことは、きっと先輩は私と一緒で人に頼るのが苦手な人なんだ。

なんでもできちゃう分、なんでもやろうとしてしまう。

だから私は、先輩が頼るに足る人でありたい。

好きな人に守られるだけの人になりたくない。

頭を上げると、先輩が少し困った顔をしていた。

「知ると嫌な気持ちになることも、あるかもしれないよ」

「構いません」

「後悔……するかもしれないよ？」

「確かに貴族のことを深く知って、貴族家に対して嫌悪感を持つかもしれません。でも、先輩の隣にいるために必要なことなら、私は後悔しません」

先輩は私の言葉を聞いてから少し黙り、再び微笑む。

「後輩が頑張ろうとしてるのに、無下《むげ》にするわけにはいかないな。わかった、僕はこれからサキに隠し事はしない。約束するよ」

そう言って先輩は右手を出して、小指を立てる。

私も右手を出し、小指を結ぶ。

「指切りげんまん……ですね」

こうして私は、先輩と仲直りできた。

なんだか気恥ずかしい空気を払拭《ふっしょく》するように、レオン先輩は少しだけ声のボリュームを上げて聞いてくる。

「さて、これからどうしようか。王都に帰ってもいいけど……」

「真夜中ですもんね。先輩が一泊してもいいなら私も全然……はっ！」

この家にはお風呂とベッドが一つずつあるだけ。

そんな中一つ屋根の下なんて……。

『サキ、そろそろ寝ようか』

『で、でもベッドは一つしか……』

『サキだったら構わないよ。さぁ、おいで』

きゃーきゃーきゃー！

私は首と両手を振って妄想を掻き消す。

先輩と夜を過ごすなんて、前に旅行した時にもあったじゃない！

何変な妄想してるの、私！

「サキ？」

怪訝そうな表情をしているレオン先輩から顔を背けながら、私はぼそっと言う。

「な、なんでもないです……」

と、とにかく一泊はなし！　空間魔法で飛んじゃえばすぐに帰れるし！

気持ちを落ち着かせつつ、空間魔法での移動を提案しようとした時――外から大きな物音が聞こえてきた。

「なんでしょうか……」

「わからない……でも、一応見にいこう。リベリオンの手下が後処理に来たのかもしれない」

私と先輩は扉をそーっと開いて外に出た。

音のする方へ向かっていくと、一台の馬車がこちらへ走ってきているのが見えた。

「こんな夜遅くに馬車なんて……怪しいね。リベリオンの使いかもしれない」

レオン先輩のその言葉に、私は頷く。

よほどの理由がない限り、馬車を夜に走らせることはない。

夜は道が見えないので馬の操縦が困難になるし、魔物の警戒をするのだって難しくなる。

「御者を問い詰めよう」

レオン先輩の意見に私は賛同する。

「そうですね。嘘をつかれても、読心術で真偽がわかります」

「わかった。サキは後ろ、僕は前から御者を牽制する。僕の質問に対して嘘を言っているようであれば教えて。それじゃあ、行くよ」

音を立てず馬車に接近し、挟むような位置に移動。

レオン先輩が御者台に飛び乗り、剣を御者の首筋に突きつけた。

「動くな。馬車を止めて手を頭の後ろへ回し質問に答えろ」

御者は小さく悲鳴を上げ、馬車を止める。

あれ？　この悲鳴……聞き覚えがあるかも？

「お、俺はただ人を捜しに来ただけだ！　金目のものなんて持ってないぞ！」

あ、キールの声だ。

もしかして、私たちのことを捜しにきてくれたの？

「キー……」

名前を呼ぼうとすると、先輩が人差し指を立てる。

「関係ない。僕の質問に答えさえすればいい」

「な、なんだよ。何を答えればいいんだよ」

どうやら恐怖でキールは私たちのことに気付いていないみたいだ。

「お前は二週間前、冷蔵庫にあったシュークリームを食べたな？」

「はぁ!? なんだその質問!? てかよく見たらレオ兄じゃねぇか！」

別にどうでもいい質問なんだろうけど……読心術、発動。

『な、なんでそのこと知ってんだ!?』

はい、キール、有罪。

実は二週間前に、私が楽しみにとっておいたシュークリームが消えた事件があった。

その時は全員が知らないって言っていたのに……キールなんて『サキ姉が食べたの忘れただけじゃねぇのか？』って……言っていたのに……。

「……やっちゃおうか」

「こっちはサキ姉か！ 待て待て待て！ 落ち着け！ 悪かったって！ ってかなんだよ！ 心配して来たのに全然平気そうじゃねぇかよ！」

そんな問答をしていると、可愛らしい声がする。

「サキお姉ちゃん！」

「サキちゃん！」

アリスとティルナさんは私の姿を認めると、抱きついてきた。

二人の優しい抱擁《ほうよう》に、シュークリームへの怒りはすっと消えていくのだった。

◆

「ったく、あんなケツの青い連中に負けてんじゃねーよ。チューレ！」

リベリオンの幹部の一人たる俺――グレゴワールは、敵に捕らわれたチューレを救出し、肩に担いでアジトへと帰還した。

「すみませぇーん……でもでも、あいつらめっちゃ強かったし！　公爵家と公爵家の養子相手に頑張った方だし！　あと、私お腹に怪我してるんですからもう少し丁寧に運んでくださいよ、グレゴ先輩！」

チューレの軽口にイラついた俺は、幹部に割り当てられた共用スペースの扉を開けると、彼女を床に投げ捨てた。

「いったーい！　レディに対してあんまりです！」

「うっせーわ！　この魔物虐待《ぎゃくたい》イカレ女が！　俺が助けなかったら今頃王都で拷問《ごうもん》地獄《じごく》だぞ、こら！」

「お前らうるさい！　ちょっとは静かにできないの⁉」

作戦室の中から顔を出したミシュリーヌが言う。その声は、苛立ちを孕《はら》んでいる。

「あ、ミシュ先輩！　聞いてくださいよ、この野蛮《やばん》先輩が――」

「誰が野蛮先輩だ！」

「じゃれあいなら余所でやれ！　私は忙しいんだ！」

ミシュリーヌはそう言うと、大きな音を立てて扉を閉めた。

「あーあ、グレゴ先輩のせいでミシュ先輩に怒られちゃった」

口を尖らせるチューレに、俺は言う。

「なんで俺のせいなんだよ。だいたいお前、俺とミシュリーヌで態度が違いすぎんだろ」

「当たり前じゃないですか！　ミシュ先輩は綺麗でカッコよくて、賢くて、天才で、秀才で、完璧超人なんですから！」

「三つ目と五つ目はほぼ同じ意味じゃねーか」

こんなアホは置いておくとして……。

俺は作戦室の扉を見つめる。

「……ちょっとこっちに来い」

俺はチューレの腕を引き、別の部屋に入る。

「な、なんですか！　まさか……私にあんなことやこんなことをしようと……！」

「しねーよバカ！　……真面目な話だ。お前、最近ミシュリーヌに違和感を感じないか」

俺の質問に首を傾げるチューレ。

「違和感？」

最近のあいつは何かおかしい。

かつてはもっと砕けた態度だったのに、今やただただ与えられた仕事をこなすのみ。

仕事に関してはしっかりしていたから、あまり深く気にはしないようにしていた。

だが、さっきの『お前ら』呼びと、冷たい視線を受け、疑いはより深くなった。

「どうも臭いやがる……」

「え、私そんな臭いですか……？」

チューレのバカ発言を無視して、俺は続ける。

「チューレ、俺はしばらくアジトに戻らねぇ。穴埋め頼んだぞ」

「え？　ちょ、ちょっと⁉　グレゴ先輩！」

やっぱり何かが引っかかる。

俺は物事をはっきりさせとかねぇと気持ち悪いんだ。

ミシュリーヌがあんな暗い目をするようになった理由……変わっちまった原因を突き止めてやる。

そう決意しながら、アジトを後にした。

10　先輩の特別

走る馬車の中。

私の膝を枕にして眠ってしまったアリスに毛布をかけつつ、ティルナさんが聞いてくる。

「サキちゃん、何があったか説明できる？」

「わかりました。まず――」

私はこれまでの経緯を、丁寧にティルナさんに説明した。

貴族から私が狙われていたこと、レオン先輩とのこと、森で起きたこと……。

今頃レオン先輩も御者席でキールに事情を説明しているんだろうな、なんて思いながら。

私の話を聞き終えたティルナさんは、そっと私のことを抱き寄せて頭を撫でてくれた。

「そんなことがあったんだね……サキちゃん、貴族のことはよくわからないけど、私にも何かあったら相談していいんだからね。これでも私、お店の中では一番お姉さんなんだから」

「……はい」


それから少しして、馬車が止まった。

私は客車の窓から頭を出して、御者台の二人に聞く。

「何かありましたか？」

「……いや、僕は放置していきたいんだけど、キールがね」

レオン先輩の言葉に、キールが首をぶんぶんと横に振る。

「いやいや、絶対回収した方がいいって！　あれ！」

キールが指差した先には、血だまりに沈むプローシュさんがいた。

「なんでこんなところにプローシュさんが？」

私の質問に、レオン先輩は頬を掻きながら答える。

「どうやらこいつとあのモーブってやつが魔物の大群を作ったらしいんだ。この森に入る時に僕の邪魔をしてきたから、ちょっとね……ほっといてもいいと思うんだけど」

「あれでも貴族なんだろ？　一応スルーはしない方がいいんじゃないか？」

んー……先輩の気持ちもわからなくもないけど、キールの言うことも一理ある……。

そもそも貴族が倒れているところを知ってて放置するのって、なんか罪に問われないかな。

あ、そういえばモーブも放置してきちゃった……。

「僕は馬車にあいつを乗せたくないんだよ。うるさそうだし」

「そうは言ったってよぉ」

お店の今後の印象を考えると、助けた方がいいか。

先輩の助けたくない理由は、ほぼ私情だし……。

「助けましょう。ついでに、私も森に放置したモーブを連れてきます」

私は空間魔法でパパッとモーブを回収し、気絶している二人を並べて縛って客車の最後列に並べて座らせた。

そして馬車を発車させようとした瞬間に、レオン先輩がもう一度言う。

「本当にこいつらを乗せるのかい？」

うわぁ、先輩嫌そ〜。

でもそういうところも可愛い……ってそうじゃなくて。

「乗せたくないならこれでどうですか？　第三《トリル》ウィード」

私は客車の後ろにタイヤ付きの檻《おり》を作って連結させた。

プローシュさんとモーブを、その中に入れる。

「これならいいね、滑稽《こっけい》だ」

レオン先輩はそう言って、黒い笑みを浮かべた。

そ、そういうつもりではなかったんだけど……。

ひとまず、これで王都を目指せる。

馬車が再び王都へ動き出したところで、先輩とキールが話す声が聞こえてくる。

「早く帰るために、僕が魔法をかけるよ」

「え？　レオ兄？」

「第五《クイル》ユニク・高速」

「うぉー!?」

先輩が魔法を唱えると、馬車のスピードが普段の倍以上になった。

最初に発見した時には暗くてわからなかったけど、この馬車は展示会で紹介したプレミアモデルだ。なので、客車の中は揺れない。

だけど馬車を操作しているキールは、相当怖いだろうな。

なぜか同じく御者台に乗っているレオン先輩は楽しそうだけど。

「ほらほら、キールうまく道を選んで」

「んなこと言ったってよぉ！」

さすがに可哀想になってきたので止めようかと思ったけど、ふとさっきのシュークリームの一件を思い出した。

……強くなるんだぞ、キール少年。

「一回止めてくれぇ！」

キールの叫び声が、森の中に木霊《こだま》した。


あっという間に王都に到着した。

なんやかんやあの速度で運転して事故を起こさなかったキールは、やはり御者の才能がある。

まぁもし事故りそうになったら、レオン先輩が助けたんだろうけどさ。

私たちはまず、ギルドへと向かった。

魔物の大量発生の件について伝えておかないと、明日になったら討伐隊が出発しちゃうかもだしね。

それに何より、プローシュさんとモーブをギルドに押し付……お任せしたい。

起きたら面倒なことになりそうだし。

「サキちゃん、レオン君、森でのことは私がギルマスに伝えておくから、二人はもう帰って」

ティルナさんは報告にいこうとする私たちを止め、優しい笑顔でそう言ってくれる。

「でも……」

食い下がろうとする私だったけど、ティルナさんは譲らない。

「大丈夫、報告は慣れてるから。それに、待ってる人がいるんでしょ」

そうだ、ママとパパに連絡をしていなかった。

「ありがとうございます。馬車、このまま使ってください」


私とレオン先輩は屋敷まで夜の静かな街を歩く。

普段は賑わっている街の中も、こんな時間にもなると流石に人通りがない。

「ママ……怒ってるかな……」

私がポツリと呟くと、隣で先輩がクスクスと笑い出した。

「リベリオンや魔物を退ける英雄も、キャロル様が相手じゃあ頭が上がらないか」

先輩があまりにおかしそうに笑うから、私はぷくーっと頬を膨らませる。

「レオン先輩だって、お母様相手だと頭が上がらないいんじゃないんですか？」

「うちは……うん、そうかもね」

……？　なんか間があったけど……聞いちゃいけないことだったかな……。

そこからしばらく沈黙が続いて、アルベルト家のお屋敷に着いた。

門の前には私の専属メイドであるクレールさんが立っていた。

クレールさんは私に駆け寄ると、涙を流しながら抱きついてくる。

「サキ様！　よかった……無事でよかったです！」

「クレールさん……その……ママは？」

私が聞くと、クレールさんは涙を拭いながら私から離れる。

「心配しておられましたよ。さ、お屋敷に入りましょう。レオン様もどうぞ。キャロル様がお待ちです」

「え？　ママ起きてるの？」

「はい、他の方々も起きておられたのですが、キャロル様が私以外は明日の生活に支障が出るから寝るようにとおっしゃいまして」

ママだって公務があるだろうから、早く起きないといけないのに……。

私は足早に屋敷の中に入り、ママの待つ部屋へと向かう。

扉を開けると、一人でソファに座っていたママが私に気付いて勢いよく立ち上がり、ゆっくりと歩いてきた。

お、怒られる……勝手に王都から出て、こんな時間に帰ってきたんだもん。

私は下を向きながら、どうにか言葉を紡ごうとする。

「あ……ぇっと……ごめ」

『ごめんなさい』を言い切る前に、ママは私のことを抱きしめた。

「お帰りなさい」

ママはただ一言、私にそう言って頭を撫でてくれる。

目の奥がじわりと熱くなる。

怒られなかったことに安堵したのか、ママの優しさのせいか……涙の理由は自分でもわからなかった。

でも、なんて返したらいいのかはわかる。

私はとびきりの笑顔で言う。

「ただいま……ママ」

私はそのまま泣き出してしまい、落ち着くまでママの腕の中に抱かれるのだった。


ようやく落ち着いた私はレオン先輩と一緒に紅茶を飲みながら、ママに騒動の顛末を説明した。

話を聞き終えたママは、眉を寄せる。

「森でそんなことがあったのね……サキちゃん、大丈夫？」

ママが心配しているのはきっと熊さんのことだ。

クマノさんとのことを知っているから。

「うん……悲しいけど、私が悲しいままだと、クマノさんも安心できないから」

「そう……強くなったのね」

ママはそう言って私の頭を撫でつつ、レオン先輩の方を向く。

「それはそうと、レオン。今後はお店のこと、どうするつもりなのかしら。サキちゃんの発明品は今までの常識を大きく変えてしまう可能性が高い。だからこそ、貴族家は武器として使うのを簡単には諦めてくれないでしょうし」

「そ、そんな……大袈裟だよ、ママ」

私の反応を見て、ママはおでこに手を当て軽くため息を吐く。

「ほら、本人はこんな感じだし……」

「こんな感じって何⁉」

ママはあからさまな作り笑いを向けてきた。

レオン先輩が、少し考えてから口を開く。

「サキと約束した通り、二人で決めようと思っています」

それを聞いて、ママは言う。

「ええ、ありがとう。個人的な意見にはなってしまうけど、魔法武器は今後のリベリオンとの戦いのためにもなくすのは惜しいなと思っているの」

ママは平和主義者だから、魔法武器をなくした方がいいと言うと思っていたけど……なるほど、そういう考え方もあるのか。

魔法武器で国力が底上げされることで、むしろ平和に近づけるかもしれないもんね。

レオン先輩は頷く。

「僕もそう思います。なので、明日王様にご相談させてもらいたいな、と。フレル様とキャロル様にもご一緒していただけると大変心強いのですが、いかがでしょうか。まだ仔細《しさい》は詰める必要がありますが、アイデアがあるんです」

「なるほど……いいわ、あなたの考えを聞くのを楽しみにしてるわね」

「はい。ですので、『明日レオンが学園が終わった後に謁見したい』という旨を王様にお伝えいただきたいのです」

「わかったわ」

「サキも、それでいいかい？」

「はい。大丈夫です」

こうしてひとまず話はまとまった。


レオン先輩を玄関まで見送ってから私はお風呂へ。

のんびりとお風呂に浸《つ》かった後……なぜかママの部屋へと連行された。

ママは言う。

「さて、サキちゃんは今日は私と寝ましょうね」

「え？　私は別に一人でも……」

「いいから！　私も明日早いからサキちゃん成分を摂取《せっしゅ》しないと動けなくなっちゃうわ！」

「私成分……」

ミシャちゃんもよく使う表現だけど、私の何を摂取してるのか……。

でも、ママは私をこんなに遅くまで待っていてくれたんだから、一緒に寝るくらい、いっか。

「わかった……枕取ってくる」

こうして私は枕を持って、ママのベッドへ。

とても心地よくて、すぐにうとうととしてしまう。

ぼんやりし始めた私に、ママが言う。

「サキちゃん、レオンと仲直りできてよかったわね」

「うん……」

「自分の気持ちには気付けたのかしら」

「ん……私ね……レオン先輩のこと……好きみたい……」

「そう……今はどんな気持ち？」

私は少し恥ずかしくなり、ママにギュッと抱きつきながらも答える。

「レオン先輩がね……かっこよかったの……思い出すとドキドキする。帰りにすごく嫌な顔をしてたの……可愛かった……」

答えになっているかわからない、私の言葉を聞いたママは微笑み、頭を撫でてくれる。

「ふふふ……よかったわね。気持ちに気付けたなら、きっとこれからいいところをもっと見つけられるようになるわ。そしたらもっともっと好きになっちゃうの」

「……なんとなく、わかる」

「サキちゃんが自分の気持ちに気付けてよかった。ライバルは多いかもしれないけど、サキちゃんなら大丈夫」

「……うん」

そう答えたのを最後に、私の意識は途絶えた。

こうして私の長い長い一日は、終わったのだった。

次の日。

「サキ！」

「サキちゃん！」

眠い目を擦りながら教室に入ると、すぐにアニエちゃんとミシャちゃんが私に抱きついてくる。

「もう！　急にいなくなるなんてびっくりしたんだから！」

「そうですよ！　なんで私たちに相談してくれなかったんですか！」

アニエちゃんとミシャちゃんは、少し涙目だ。

私は申し訳ない気持ちになりながらも言う。

「ご、ごめんね……ちょっといろいろあって」

「まぁまぁ二人とも、サキも無事だったわけだからそのへんで勘弁してあげなよ」

苦しそうにしている私を見かねて、フランが二人を止めてくれた。

でもフランも今朝、私に「少しは僕にも頼るように。君よりも貴族家については詳しいんだから」って怖い笑顔で言ってきたわけだけど。

それからは、いつものように私の席の周りにみんなが集まった。

私が森であったことを話すと、ミシャちゃんとフランが眉を寄せる。

「森でそんなことが……」

「なるほど……でも、それによっていよいよ国としても戦力を大きくしたいって考えるだろうね」

アニエちゃんは私の頭を撫でながら口を開く。

「でも、サキの身に危険が及ぶなら、武器の販売なんてしない方がいいわよ」

「その辺についてはレオン先輩に案があるみたい。今日授業が終わったら王城に行かなきゃいけないの」

そう言ったタイミングで、教室のドアが開く音がした。

「はーい、みなさん朝礼を始めますよぉ～」

先生が教室に入ってきたので、私たちは話を中断して各々の席へ戻る。


授業が終わり、私とレオン先輩は合流して王城へ向かう。

その最中に、レオン先輩はこれから王様に話そうとしているアイデアを共有してくれた。

流石レオン先輩、すごくいいアイデアだ。私も賛成する。

王城に着いた私とレオン先輩は、王様がいつも仕事をしている書斎《しょさい》に通される。

中には王様と王妃様、そしてパパとママがいた。

「王様、王妃様。この度はお時間をいただき感謝いたします」

私とレオン先輩がそう言いながら頭を下げると、王様はいつものように手を前で払って面倒臭そうに頭を掻く。

「あーそういうのはいいって。毎回言ってんだろ」

「あなたのそういう真面目なところ、私はとてもいいと思いますよ、レオン」

王妃様は王様と真逆の反応。やっぱりしっかり者だ。

レオン先輩はペコリと頭を下げる。

「ありがとうございます。さて、早速なんですが本題に入らせてもらってもよろしいでしょうか」

王様と王妃様が頷くのを見て、まず先輩は今回の事件について説明する。

流石に国の長《おさ》が知らないことはないだろうけど、念のためだ。

続いて、レオン先輩は自らの考えを述べる。

「男爵家から侯爵家の多くは武力によってのみ位が上がると勘違いしてるようです。その結果、こうしたトラブルが起きました」

王様は、ため息を吐きながら言う。

「それはしょうがねぇっちゃあしょうがねぇな。武力を持つだけで位が上がるとは言わないが、武力がなければ位が上がらないのも事実だ。そんな状態で武力を簡単に手にする手段をこんなやつが持っているとなりゃあ、こぞって取り合いになるのは道理だな」

王様はビシッと私を指す。

こ、こんなやつ呼ばわり!?

レオン先輩は王様がそう返してくるのを予想していたのだろう、顔色一つ変えずに続ける。

「王様のおっしゃることはごもっともです。これまではそういった輩は、フレル様とキャロル様が遠ざけてきました」

その言葉には、ママが反応する。

「当然よ。うちの可愛いサキちゃんをその辺の貴族なんかに嫁《とつ》がせるわけないわ。でも、私とフレルが守れるのは家に関することまで。お店の話が絡めば、私たちの知らないところでサキちゃんに近づこうとする人だって出てくるでしょう。そうなると、私たちでは守り切れない」

「はい、それもわかっています。そこで、王様に一つ提案があります」

レオン先輩の言葉に、王様は興味深そうに前屈みになった。

「なんだ、言ってみろ」

「うちの店を王族の、直営店にしてくれませんか？」

「ほお……」

先輩の提案にみんながざわついているけど、王様だけはニヤリと笑みを浮かべた。

「相応の自信があんだろうな？」

「もちろんです」

『王国直営』という看板を背負えれば揺るがない信用を手にできる。

だけど、それは簡単に手にできる物ではない。

王様は問う。

「それで、その提案の意図はなんだ？」

「平和に魔法武器を役立てる法整備を、王家にお願いしたいのです。その対価として販売した利益の一部を国に納めます」

「なるほどな……」

王様は少し考えてから私の方へ視線を向ける。

「サキ、お前はそれでいいのか？　たとえレオンが一生懸命考えてきた案でも、たとえ百人聞いて百人が正しいと思うことでも、最後の判断はお前がするんだ。店の代表なんだからな。人の上に立つってのはそういう判断に責任を持つってことだぞ」

もし判断を誤ったらキールやアリス、ティルナさんが路頭に迷うかもしれないし、先輩やパパ、ママの評価にだって影響するかもしれないのだ。

想像するだけで怖い……。

ふと、レオン先輩が私の方を見つめているのに気付く。

先輩は私やお店のことを考えて最善だと思う案を出してくれた。

私もそれに納得した上でこの場にいる。

だから、店長としてちゃんと決断しなきゃ。

「王様や王妃様のことを信用してます。王家の皆様のお力を借りられるのはとてもありがたいです。だからレオン先輩の……私の選んだ副店長の提案は正しい判断だと考えております」

私がはっきりと告げるのを見て、王様は満足げに笑い、立ち上がる。

「よし！　お前らの店を王家の直営店にしてやろうじゃねぇか！　詳しいことは後日だな。あ、そういえば、お前らの店ってなんて名前なんだっけ？」

「あ……」

私は二の句を継げない。

そういえばお店の名前、決めてなかった！

「えっと……どうしましょう」

レオン先輩に聞くと、ニヤッとした笑みが返ってくる。

「どうします、店長？」

「え⁉」

まさかの私に丸投げ⁉　いや、これも『判断』ではあるのか。

うー、お店の名前……。

みんなに注目されすぎて変に緊張してしまう。

「あ……」

私が言うと、みんなが聞き返してくる
「「「「あ？」」」」

「アメミヤ工房……で！」

隣でレオン先輩がくつくつ笑う。

「ふ、ふふ……いいんじゃないかな」

「むー！」

私は頬を膨らませる。

私に丸投げしといて何よその反応！

まぁ、先輩以外も笑いを堪えている感じだけど……。

ともあれ、こうして私たちのお店の名前と、王家との契約が決まったのだった。


一週間後。

「すげー……王様と契約すると、ここまでしてもらえるのか」

私が思ったことを、キールがそのまま口にした。

研究所の屋外トレーニング場になっていた庭には今、大量の木材や剣、紙などが所狭しと置かれていた。

王家との契約により……というか、王様と王妃様のご厚意で魔法武器や道具の材料は王家が用意してくれることになった。

王様曰く『こっちで材料出してやるんだ、面白いもんができたらすぐに持ってこいよ！』とのこと。

なんだかハードルを上げられた気がしなくもない。

「ふぅ……やっと終わった。まったく……事情聴取って言ったってこっちの知ってることは書類で提出済みだっていうのに……」

そう口にしながら伸びをしつつ、レオン先輩が私たちの方へ歩いてきた。

今回の一件について改めて聴取を行いたいとのことで、先輩はさっきまで王家と冒険者ギルドの人たちに呼び出されていたのだ。

留置されているプローシュさんが『事実確認をしろ！　私は何もやっていない！』とうるさいん

だとか。

「あいつに全部罪を押し付けておしまいにしてしまえばいいんだよ。僕を巻き込まないでほしいね」

また先輩が嫌な顔してる。よほどプローシュさんに関わりたくないんだなぁ。

この話を続けるのすら不愉快だとばかりに、レオン先輩は話題を変える。

「それにしてもこれまたすごい量の資材だね。やっぱり王家もリベリオンの対策に燃えてるわけだ」

先輩が言うに、アメミヤ工房での魔法武器の製作は、肝いりのプロジェクトらしい。

まとまった数の魔法武器ができ次第、試験運用の部隊が編制されるとかなんとか……。

私は言う。

「とにかく、さっさと資材置き場に運びましょう。私の空間魔法で全部飛ばしちゃいますね」

資材置き場は空間魔法の魔石でスペースを拡張済みだし、これだけの量があっても入り切るのだ。

後でキールに資材の仕分けもやってもらわなきゃなぁ……。

そんなことを考えていると、アリスが一枚の板を指差して言う。

「サキお姉ちゃん、木の板が一つ残ってるよ？」

「あぁ、それは大丈夫」

首を傾げるアリスを横目に、レオン先輩が言う。

「じゃあせっかくだし……キール、それを運ぶの手伝ってくれるかい？」

「おう」

板を先輩とキールが玄関まで運ぶ。

そして外に出てひっくり返すと、先輩は魔法で扉の上にそれを取りつけた。

「さ、これが僕たちの店の名前だ」

板の面には『アメミヤ工房』と大きく書かれている。

五人で改めて看板を見上げる。

「素敵な名前だと思うよ。私たちを助けてくれた人の名前だもの」

「うん！　とってもいい名前！」

ティルナさんとアリスがそう褒めてくれたけど……勢いでつけた名前なんだよね。

羞恥心と申し訳なさで顔が熱くなる……。

レオン先輩が、手をパンと叩いた。

「さてと、みんなに王家との契約内容を説明しなきゃだし、中に入ろうか」

「わかった。私、お茶を淹れてくるねぇ」

「私も手伝う～」

「じゃあ俺は、お茶菓子でも取ってくるよ」

そう言ってティルナさんとアリス、キールは先に中に入っていった。

続いて中に入ろうとする先輩を、慌てて呼び止める。

「あ、あの……レオン先輩！」

レオン先輩は、いつものように笑顔で振り返った。

「どうかしたかい？」

「あの、その……レオン先輩のこと、これから『レオンさん』って呼んでもいいですか!?」

あれから、ママにいろいろとアドバイスをしてもらっている。

そのうちの一つに、こんなのがあった。

『いい？　仲のいい男の人は呼ばれ方が変わるとドキッとするものよ。だからサキちゃんもさらにレオン先輩と仲良くなるために、呼び方を変えてみたらどう？』

レオン先輩を私のものにしようとするのなら、ライバルは多いはず。

今のうちに他の人たちよりもアドバンテージを稼いでおかなきゃ！

とは思うものの……顔が熱い。

別に告白してるわけでもないのに、すごく恥ずかしい。

私がぎゅっと閉じていた目をうっすら開けると、先輩も少しだけ頬を染めて口元に手を当てている。

その顔の赤さはどういう意味!?

私がもんもんとしていると、やがて先輩は口を開く。

「もちろん、サキの呼びたいように呼んでくれて構わないよ。でも、僕はそんなに先輩らしく見えないかな」

「そ、そんなことないです！　先輩は一番頼りにしてる先輩です！」

勢いで言ってしまった自分の言葉に、顔がさらに熱を持つのを感じた。

……だって、先輩のことが好きで先輩に意識してほしいからなんて言えないし！

えーと、えーっとぉ……。

あわあわと焦る私を見て、先輩はくすくすと笑っていた。

「冗談だよ。サキがそんなこと考える子じゃないってわかってる。だって……」

先輩は一呼吸置いて、私をまっすぐ見つめて微笑む。

「サキは僕の特別だからね」

顔だけじゃなく体まで熱い。

でも、この熱には恥ずかしさだけじゃなくて、好きな人に特別って言ってもらえた嬉しさも含まれているんじゃないかな。

私は彼の隣まで走り寄り、とびきりの笑顔を向ける。

「これからもよろしくお願いしますね。レオンさん」

「あぁ、よろしく。サキ」

レオンさんと一緒に、私は研究所へ入るのだった。

没落した貴族家に拾われたので
恩返しで
復興させます
六山葵
Aoi Rokuyama
魔法の才で偉くなって
没落した実家を
立て直そう!
悪魔にも愛されちゃう
少年の王道魔法ファンタジー!
あくどい貴族に騙され没落した家に拾われた、元捨て子の少年レオン。彼の特技は誰よりもずば抜けた魔法だ。たまに夢に見る不思議な赤い本が力を与えているらしい。才能を活かして魔法使いとなり実家を立て直すため、レオンは魔法学院に入学。素材集めの実習や友人の使い魔(猫)捜し、寮対抗の魔法祭……実力を発揮して、学院生活を楽しく充実させていく。そんな中、何かと絡んできていた王国の第二王子がきっかけで、レオンの出自と彼が見る夢、そして魔法界の伝説にまつわる大事件が発生して――!?
没落した貴族家に拾われたので恩返しで復興させます
六山葵
家はボロ小屋
風呂も洗濯も川の水
没落した実家を立て直そう!
捨て子の僕を拾ってくれた
◎定価:1320円(10%税込)
◎ISBN 978-4-434-32187-0
◎illustration:福きつね

1×∞《ワンバイエイト》
経験値1でレベルアップする俺は、
最速で異世界最強になりました！
著 マツヤマユタカ
Yutaka Matsuyama
異世界生活《アウトドア》
満喫中!!

1×∞《ワンバイエイト》
経験値1でレベルアップする俺は、
最速で異世界最強になりました！
マツヤマユタカ
即座に上達！
異世界生活《アウトドア》
満喫中!!
未経験でものびのび自給自足ができました！

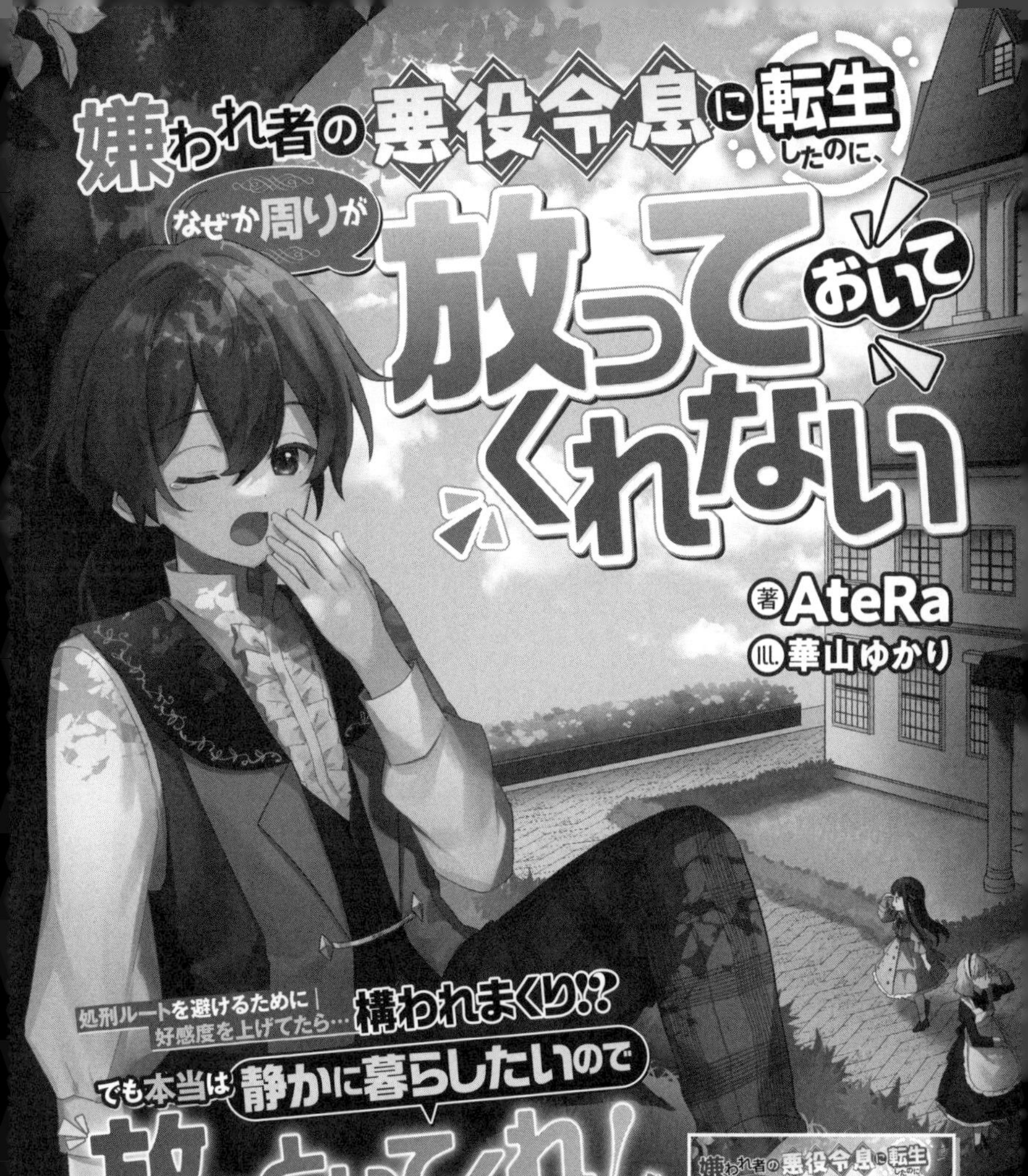

サラリーマンだった俺は、ある日気が付くと、ゲームの悪役令息、クラウスになっていた。このキャラは原作ゲームの通りに進めば、主人公である勇者に処刑されてしまう。そこで——まずはダイエットすることに。というのも、痩せて周囲との関係を改善すれば、処刑ルートを回避できると考えたのだ。そうしてダイエットをスタートした俺だったが、想定外のトラブルに巻き込まれ始める。勇者に目を付けられないように、あんまり目立ちたくないんだけど……俺のことは放っておいてくれ！

◎定価：1320円（10%税込）　ISBN 978-4-434-32044-6　◎illustration：華山ゆかり

追放された神官、【神力】で
虐げられた人々を救います！
女神いわく、
祈る人が増えた分だけ
万能になるそうです
著 Saida《サイダ》
万能な【神力】で、捨てられた街を理想郷に!?
俺だけに見える女神と＼マイペース／
救済生活
はじめます！
教会都市パルムの神学校を卒業した後、貴族の嫉妬で、街はずれの教会に追いやられてしまったアルフ。途方に暮れる彼の前に現れたのは、赴任先の教会にいたリアヌンという女神だった。アルフは神の声が聞こえるスキル「預言者」を使って、リアヌンと仲良くなると、祈りや善行の数だけ貯まる「神力」で様々なスキルを使えるようにしてもらい――お人好しな神官アルフと街外れの愉快な仲間との温かな教会ぐらしが始まる！
◎定価：1320円（10%税込）　◎ISBN 978-4-434-31920-4　◎illustration：かわすみ

この作品に対する皆様のご意見・ご感想をお待ちしております。

おハガキ・お手紙は以下の宛先にお送りください。

【宛先】

〒150-6008 東京都渋谷区恵比寿 4-20-3 恵比寿ｶﾞｰﾃﾞﾝﾌﾟﾚｲｽﾀﾜｰ 8F
（株）アルファポリス　書籍感想係

メールフォームでのご意見・ご感想は右のＱＲコードから、
あるいは以下のワードで検索をかけてください。

アルファポリス　書籍の感想　検索

ご感想はこちらから

本書はWebサイト「アルファポリス」（https://www.alphapolis.co.jp/）に投稿されたものを、改題、改稿、加筆のうえ、書籍化したものです。

前世《ぜんせ》で辛《つら》い思《おも》いをしたので、神様《かみさま》が謝罪《しゃざい》に来《き》ました6

初昔　茶ノ介（はつむかし　ちゃのすけ）

2023年6月30日初版発行

編集－若山大朗・今井太一・宮田可南子
編集長－太田鉄平
発行者－梶本雄介
発行所－株式会社アルファポリス
〒150-6008 東京都渋谷区恵比寿4-20-3 恵比寿ｶﾞｰﾃﾞﾝﾌﾟﾚｲｽﾀﾜｰ8F
TEL 03-6277-1601（営業） 03-6277-1602（編集）
URL https://www.alphapolis.co.jp/
発売元－株式会社星雲社（共同出版社・流通責任出版社）
〒112-0005東京都文京区水道1-3-30
TEL 03-3868-3275
装丁・本文イラスト－花染なぎさ
装丁デザイン－AFTERGLOW
印刷－中央精版印刷株式会社

価格はカバーに表示されてあります。

落丁乱丁の場合はアルファポリスまでご連絡ください。

送料は小社負担でお取り替えします。


ISBN978-4-434-32185-6 C0093